小説 郵政殺人譚

稲垣兵一

文芸社

小説　郵政殺人譚――目次

小説　郵政殺人譚

師走の惨

二〇〇〇年十二月十八日月曜日、高山東郵便局では、局長の若園法賢《わかぞのほうけん》が何時になっても出勤してこないので、局長室の隣の庶務課の室《へや》がざわつき出してきた。

課長の谷田孝《たにだたかし》は、（俺は、いつ何が起こっても動じない、肚の据わった男だ）という暗示を自分にかけながら、わざと意に介さぬふりをして、十五人の部下たちを一睨《ひとにら》みして、その効果を推し量ってみた。

案の定さっと潮が引いたように静かになった。口で言うよりも、一睨みの貫禄がものをいうものだと、あらためて自信が湧いてくるのだった。

（それにしても、そろそろ十時になろうというのに）と、色黒で唇の厚い、見るからにふてぶてしい顔付きのこの男も胸さわぎがしてきた。

すでに年末の年賀状の最繁忙期に入っており、この週末、局長の外泊の予定は聞いておらず、官舎で過ごしていたはずである。

一体、何があったんだろう。もし何か間違いがあったとしても、この俺が責任を被らないように手を打っておく必要があると、先を読みながら煙草に火を付けるのだった。

「課長、ちょっといいでしょうか」

と横からいつもの低音でささやいたのは、課長代理の柳瀬善郎《やなせよしろう》であった。やせて、鼻柱がいやに高くて長く、いかにも小利口そうな感じだが、性格は名前ほど善良ではないとの定評の持主である。

谷田は、くわえ煙草で柳瀬に目くばせしながら、奥の局長室を指差して歩き出し、柳瀬はわざとバタンと乱暴にドアを閉めるのだった。

柳瀬は、タイミングよく課長を局長室に誘い込んだことに、なぜか満足感を覚え、

「課長から官舎へ電話をすぐ入れて下さい」

とあたかも命令するように言った。谷田はムッときたが、もっともなことであり、局長が電話口に出たら、嫌味の一つも言ってやろうといらいらしながら受話器を耳に当てていたが、全く応答はなかった。

「局長、局長といっても、まだ二十九の子供みたいなもんだから、どうせ昨夜はどっかへ泊り込んで、その挙げ句呑み過ぎたんだわさ」

ぶつぶつ言いながら、谷田は怒りを含んで局長のばかでかい椅子をにらみつけるのだった。

「そんなことよりも課長、これからすぐ官舎に行った方が……」

と柳瀬が言うと、

「分かっとるがや、行くぞ。車を出してくれ」

と言い放った。

この時、十時十分過ぎだった。

二人が急いだ官舎は、川沿いの閑静な住宅地の一角にあって、高い板塀で囲まれた敷地は優に百坪はあり、平家で清楚な構えの邸宅は、さしずめ旦那衆のお屋敷といった感じで、若園はいたく気に入っていた。

学生時代も含め、東京の空気の悪いゴチャゴチャしたところから、一年間とはいえ、只みたいな家賃でこんな贅沢な住まいを与えられて、同期生たちにも内心鼻高々であった。

それと、彼は法賢という立派な名前のとおり、お寺の長男坊で、物心ついた頃から、寺の広い境内と結構な庭園、本堂は言うに及ばず、檜や欅の良材をふんだんに使った庫裡で暮らしていたので、狭苦しいマンションなんか息苦しくて住みたくもないと広言するのも無理のないことであった。

生家は、同じ岐阜県でも南の端の方にある禅宗の寺で、若園という名字は、県内ではそう珍しくないのである。

二人は玄関の引き戸に手をかけたが、中から鍵がかかっており、ここで谷田は、「チェッ」と口走り、唾を吐いた。

念のため、引き戸をドンドンと叩いたが、何の反応もなかった。

仕方なく裏の縁側の方から入れないものかと広い庭へ出ると、師走とは思えない暖かい日差しがまぶしく、辺りの静寂と相まって、浮世離れしたようなのどかさであった。

ふと頭上で、バタバタと番《つがい》の鳥が驚いて飛び立った。

広い庭は、秋口に職人を入れてよく手入れされており、見事な赤松が二本風情を添えていた。

この年の六月まで居た前の住人が丹精したものか、小菊、バラ、サルビア、シオンなどの花壇はもううら枯れていたが、若園が着任した頃はさぞ見事なものだったろうと思われた。柿の木はすっかり葉を落として、鮮かな紅い葉が散り敷いていたが、最後の一葉は二、三日前までは樹上にあったはずである。

柳瀬は、ぴっちりと閉まっている雨戸を一枚開けて、中のガラス戸を引くと、鍵はかかっていなくてするりと開いたので、二人は広縁をまたいで障子を開けた。ガラス戸一枚の明るさで八畳の座敷は薄暗く、そこにはかさばったふとんが敷いてあり、いかにもまだ掛けぶとんの下で人が眠り込んでいるように思われた。

谷田は、「局長さん」と小走りに呼びながらふとんに近付いたとたん、右足がぬるっとしたものに滑ってふとんの上に倒れ込んでしまった。この時、何とも言いようのない生臭さがあたりに充満しているのに気付いた。そして、まだ横になったまま首から上だけを出している顔を覗き見た刹那、ウワーッと声にもならぬ悲鳴をあげて思わず膝で後ずさりしていた。

薄明りの中で、若園の白眼が空を睨んでおり、まわりにはおびただしい血が溜っていた。先程、谷田が滑ったのは血糊によるもので、上衣もズボンも血がこびりつき、その時支えた両の掌は血まみれとなってしまった。

柳瀬は、あまりの臭気に耐えかねて、障子も雨戸も開け放とうと広縁の方向に向かったとたん、「あ、いた」とそこに足を投げ出してしまった。見れば、画鋲が一本、元まで足の裏に突き刺さっていた。

戸という戸、窓という窓を開け放ち、電灯のスイッチを入れて明るくした部屋の中の惨状に二人は声も出ず、這いずるように広縁にへたばり込んでしまった。

障子の敷居を隔てて見ると、死体から少し離れたところに、白い模造紙が三枚、一畳半大に広げられ、足の親指大の字で、墨で何か書いてあるのが分かった。

柳瀬がさっき踏みつけた画鋲は、畳にとめてあったものが外れたのか、見ればふつうのものよりも一回り大きかった。

近付いて見ると、「声明」とあったが、書を少し嗜《たしな》む谷田は、この字では大したことないなと思うのだった。

柳瀬がここで、

「課長、一一〇番しますよ。それから課長の顔も手も血だらけですが、警察が来るまでもう少し我慢して下さい」

と言うと、その言い方に谷田は思わずムッとして、

「ちょっと待て。おかしなことが書いたる」

「何が書いてあっても、まず一一〇番ですよ。殺人ですよ。それにもう十時半だ」

谷田の抑えていた怒りがここで爆発した。

「うるさい。ここは俺が仕切る。出過ぎるな、ええか」

人というものは、こんな地獄図の中に居ても、プライドとか反感が優先するものらしい。

柳瀬は、(勝手にやってくれ。俺に責任はないぞよ。後で問題が起こっても知らんがや)と課長を睨んだものの、上司の命令でもあるし、谷田の顔がもともと悪相の上に所かまわず血がこびりついているので、さながら赤鬼、勝負あったというところだった。

谷田の勘では、(この声明はどうも反郵政だ。もしもこれがこのままマスコミに出たらどうなるかだ。上局に一報入れてから一一〇番だ。何か起こっても俺の責任でない。上局

の指示でやりました)、とこうなる。

　まことに小役人らしい賢い答案を書いて採点されるのを待ったが、劇はあらぬ方へ発展していくのであった。

犯行声明

声　明

郵政三事業の民営化は時代の流れ

郵政三事業は、年々厖大な赤字決算を繰り返しながら、国営存続を主張しつづけているることは、どう考えても分かりにくいことです。

その経営は完全に行き詰まっているにもかかわらず、それに目をつむって、歴代政権の保護の下にさも大多数の国民が国営存続を願っているかのような宣伝をくり拡げ、ベールに包まれている利権を守り通そうとしているように思われます。

自らは改革を拒否しながら、省益のみあって国益なしの姿は、太平洋戦争末期の指導者層を想起させ、また、当時の合言葉「国体護持」と重ね合わせることもできます。

これら守旧派といわれる人たちは、キャリア官僚とその下部機構二万人を数える小局一善会、関連の数々の特殊法人、さらには族議員等々によって構成されていることは国民がよく知っています。誰が本当の責任者なのかよく分からないのは、さながらやまたのおろちと言っても言い過ぎではないでしょう。

すでに旧国鉄、旧電電公社、旧専売公社が民営化されて久しい中で、独り郵政のみが官業でなければならぬ理由は、全く見出すことができません。

国営だから信用があるとの主張は、今時通用しません。

また、経済原則を無視の山間僻地優遇は、それに名を借りて美味い汁を吸う者たちが居るのではないでしょうか。

さらに、傲慢なキャリア官僚は郵政内にも棲息していて、三十万職員の頂点に立ち、特権にあぐらをかいてひたすら保身と出世に余念がなく、この犠牲者も例外ではありません。

いったん試験に合格してキャリアともなれば、一年ごとに出世の階段を昇りつめていく栄耀栄華は、まるで現代の光源氏、先の大戦で国を誤まった陸、海軍の愚かな将官たちとよく似通っています。

大学出が珍しかった二、三十年前と異なり、同じ学歴でなぜこうも差別があるのか、

「若者よ、怒れ」

と声を大にして叫ぶ者です。

もとよりこの仏に対して私怨はないが、半世紀以上前の「きけわだつみの声」になり代わってあえて一石を投ずる者であります。

この乱れに乱れた世を正すには、すでに祈りや願いでは覚束なく、その力を失ってしまいました。

この世、この時、若人が目をさまし、日本のありとあらゆる分野において、義賊が地中から続々と湧き出でて、実力をもってこの国のかたちを締め直し、後世にその名誉を留められんことを希う者です。

二〇〇〇年一二月

破邪王子

柳瀬の携帯電話を使って、はじめは職員課に電話を入れたものの、あちこちたらい回しされた挙げ句、高山東局で何か重大な事件が起きたらしいということが分かったとみえて、総括部長の冨江《とみえ》忠《ただし》が電話口に出た。

「もしもし、高山東局の庶務課長の谷田です。実は、うちの局長が殺されて……」

「なに、殺された？　今どこに居るんだ」

「局長官舎に今、柳瀬課長代理と居ります。刃物でやられたとみえて、血の海です。寝ているところをやられたようです。もの凄く臭いです」

「臭いなんかどうでもええ。一一〇番したのか。なに？　まだだと。何をやっとるんだ」

「いえ、それが、あのう変な犯行声明がここにあるんです。畳より大きな紙にいっぱい書いてあるんです」

「何と書いてあるんだ。何が変なのだ」

「郵政事業の民営化は時代の流れ云々とあるのです。字はそう大したことはないですが」

「なに、字なんかどうでもいいが、そんなことが、畳より大きい紙にか。それでまずこっちへ知らせたわけだな。そうか、わかった。それにしても、君、今もう十時五十分だ。報告が何でこんなに遅いのだ」

「それが申し訳ありません。十時になっても出勤してみえないので、官舎まで行ってわかったんです」

「そうか。それでは、今ここでその声明とやらをゆっくりと読んでみろ。この電話は、携帯か、そうか、それならいいんだ」

谷田は、畳の上の犯行声明を、時々ちらっと仏の方を見ながらゆっくりと読み上げた。さらに少し早目にもう一度読んで、これで自分たちの責任が転嫁できて、地獄の中へ、極楽からの余り風が少し吹いてきた思いがするのだった。

「庶務課長、いいかね、今から言うことは、君とそこにいる柳瀬といったか、二人以外絶対にマル秘だぞ。それでは言う」

冨江は、まるで裁判長が判決を言い渡すように厳かに切り出したが、電話口の谷田にはさすがど狸という渾名どおり、中身は分かっていた。

「その声明文の紙は、警察が来る前にうまく隠して、いずれ葬式の日まで君が厳重に保管しておいてくれ。その時に、俺か、然るべき代理の者に直接手渡すこと。分かったね。それから警察には絶対にこのことは探られないように、いいな。君たちに悪いようにはせえへん。

それから、その紙には、血が付いとるかね。あ、そう、付いていないと。よし、これでよしと。えらい目だったなあ、災いを転じて福とせよだ。ご苦労さん」

ここで電話は切れたが、

(本当の災難はこの仏なのに、部長もおかしなことを言ったな。死んだら終りということか。それでも部長はやはり偉い。ご苦労さんと言ってねぎらってくれて、面倒はみるような言い方だった。さすがだ。これで元手は取れる。それにしてもこの柳瀬という奴は横着者だ。ことごとく俺に逆らってきて、今も一一〇番が先だと言いやがった。結局は、俺の咄嗟の判断が正しかったわけだ。小利口だが、使いものにはならんのだわ。こんな利口馬鹿の面倒なんか見てもらわんでもいい）

こんな考えをめぐらしながら、谷田はもう一仕事済んだような気になって煙草に火を付けた。

「課長、一一〇番」

柳瀬がことさら低い声で言ったが早いか、谷田は握りしめていた携帯を突き出した。

血糊でこてこての物を見て柳瀬もムッときたが、この惨劇の現場でのことは、腹に納めて辛抱しなければと自分に言い聞かせるのだった。

「携帯では駄目ですよ。ばれますから」

谷田は谷田でハッと思い直して、この男が来てくれたからよかった。俺一人だったらどうかなってしまっていたかもしれん。それに何でもハイハイ、ご無理ごもっともではいかんと聞いたことがあるが確かにそうだ。

谷田は気を取り直して、さっきの総括部長の話を柳瀬に伝えたが、「悪いようにはせん」というくだりだけは教えなかった。

柳瀬は、ぽかんと上司の血だらけの顔を見直し、そんなことをしたら、犯人の手掛りが無くなってしまうではないかと思ったが、もう上の方で決まったことと割り切るのだった。

「では、もうすぐ警察が来ますから、その前にこの声明を車のシートの下に隠しておきます。局にも、『ちょっと遅くなるが、心配するな』と言っておきます」

と言って、服に血が付いてないことを確かめ、台所で手と携帯を洗って急いで車の方へ走って行った。

一一〇番通報は、その前に仕方がないから、柳瀬が加入電話を使ってしたのだった。

事件現場

ほどなく玄関先でがやがやと人声がして、どんどんと引き戸を叩く音がした。

柳瀬が急いで中からねじの錠を開けるが早いか、制服の警官四人が二人をじろりと見て、大柄な男が、

「仏はどこだ」

と怒鳴りつけるように言った。

四人の男たちは、いずれもお世辞にも人相がいいとは言えないが、挨拶もせず入り込んで来る態度も、それに輪をかけて悪かった。

彼らはすっかり権力と好奇心むき出しの、まるで倒した獲物を舌なめずりしながら食いちぎろうとする野獣丸出しの姿であった。

谷田がそれでも挨拶かたがた事情を説明しようとすると、さっきの大男が、

「あとで聞かれたことだけ答えてくれればええ。今は邪魔だで、傍に寄らんでくれ」

と、どすの利いた声で言った。

「ところで、その顔はどうしたんだ」

「ふとんにけつまずいて転んだ拍子に血が付いたんです。警察がみえるまで、そのままにしておいた方がいいと思いまして。だから血の足跡がありますが、私がつけたのです」

大男は、少し優しい声に変わって、

「そうか。もういいから風呂場で洗ってきとくれ。顔を見るのも恐いので」

と言ったが、どっちが恐いのか訳がわからない。

「鋭利なもので、喉を一気に掻き切られとる」

「こういうやり方は、中東の方の国のナイフの使い方だな。羊を殺すときに、左手で抱きかかえて右手でこうやる。テレビで見たんや」

「マル暴ならはじきで、こういうやり方はせん。しかし、この頃は外国人の下請もあるらしいで」

「だいぶん前に関東地方で翻訳者が、確か喉を切られて殺されて宮入りになっとる。その元の小説が、アッラーの神様に御無礼なことがあったらしいて。翻訳者も同罪というわけや」

「そう言えば、こないだ、富山でコーランのページが破られて捨ててあったが、関係の所ではいつ何があるかびくびくしておるらしい」

「物盗りか、居直り強盗の線もある」

「あるいは、怨恨、痴情もあり得る。高山東局の局長というやないか。こんな若造でも、T大さえ出ておればトントン拍子、女にももてて不思議でない。しかし、あんまり男前でもないいな」

この時はすでに死体に掛けられていた毛布や掛ぶとんがまくり上げられていて、小柄な若園が着けていたパジャマは、ぐっしょりと血を吸い込んでいた。

「あと遺留品と、指紋、足跡の採取、通話記録と大至急こんなところだな」

「郵便局関係も洗わんならんね。局長室の家宅捜索とな」

「そりゃそうだ。もちろんな。それから、殺されたのは郵政職員でも強力犯《ごうりきはん》だから、郵政監察に出番はないでな、ええか」

「何で郵政監察なんてゆうものがあるんだろうか、不思議でしかたがない」

「それはな、俺も警察学校で聞いた話だけど、戦争でアメリカに敗けて、日本は何でもアメリカの言うことを呑まされたんだわな。柔道や剣道まで、軍国主義や言うて禁止されたげな。警察の制度も変わってまったんや。それでも、大地主から土地をまき上げて、小作人に分け与えたのは立派なものだった。アメリカに敗けていなかったら、俺たちはいまだに百姓の餓鬼だわさ」

「その郵政監察だが、農地解放とは雲泥の差、占領軍の間抜けなプレゼントだったが、郵政省、その頃は逓信省と言ったらしいが大喜び。そりゃそうだろう、ポストと定員と権限が棚ぼたで授かったんだから。

もともと敗戦後で、郵便局員が金が入っていそうな手紙を抜き取るという犯罪が多発したらしいんだ。ところが、被害は続出するが、肝腎の検挙は覚束なかったらしいな。

もっとも今ではそういう犯罪は起こらない。なぜか。誰も手紙なんか書いて出さないし、ましてやその中に金を入れる奴はいないだろう。郵便といっても、今ではダイレクトメールばっかりだろう。あんなもの盗むたわけが居るわけない。ワハハ……」

「郵政もこの分では民営化だろうな」

「俺たちは民営化になりっこないから安気だな」

すると大男が、ちらっと時計を睨んでから、

「そうはいかん。日本中の県警で、交通事故のもみ消しとか、マスコミにもたくさん出てしまって世間の見る目は厳しい。そりゃ、叩けば埃ということもあるだろうが、一番の信頼は検挙率だ。この頃、凶悪犯罪でまだあがっとらんのが増えてきておる。道路網の発達や、外国人が増えたことなどいろいろあるが、ひとつにはこの仏の前だが、警察でも昔からキャリアの連中は、何にもせんでもどんどん昇進してゆける。今の本部長でも歳はまだ四十四だ。昔はこんな不公平でも黙って耐えて、人は人、俺は俺ということで何というの

か、秩序が保たれていたんだが、今の大学出の若い衆はそうではない。何でこうも差があるんだと。こういうことになると士気にも影響して、早い話が検挙率が下がってくる、とまあこういうことだと思う。

ここの県警の検挙率は、全国でもベストテンの中に入っとる。海なし県やからという冷やかしもあるようだけれど、とにかくこのホシは絶対挙げななららん。なあ、みんな、頑張ろうやないか」

配下の三人は、捕物帖の子分よろしく、合点だと大きく頷くのだった。

「このあとは、司法解剖、マスコミへ発表と捜査本部設置だ。俺はすぐ戻って署長に報告してから、これからの段取りをつけるのであとは頼むぜ。

それから、あの二人の局員から事情聴取だな」

こう言い残すと、大男は、広縁にちぢこまって不安そうに見ている二人に簡単な挨拶をしただけで出て行った。

後から聞けばこの男は、能登谷《のとや》という刑事課の係長で、根はそんなに悪くないいい人で、大学では相撲部だったが、関取になりそこなってこの道に入ったとのことだった。

しかし、谷田狸、いや谷田孝にとっては悪気はないで済むことではなかった。

(何をそんなに威張ってやがるんだ。聞こえよがしに郵政監察のことを言ったりして、大体ろくに挨拶もせんのが許せん。お互いどっちも似たような給料、いや俺の方が年とっているから高いに決まっとる。へん、俺は絶対にお前たちには渡してやらん物を預かっているんだぞ。葬式の時に、じかに郵政局の冨江総括部長に手渡しすることになっとるんだがや。気の毒だが、お前らの犯人探しは手間どると思うよ）

と肚の中では先程からの屈辱感を払いのけることができた。

一方、柳瀬は、碁、将棋の上手よろしく、これから先事件はどう展開していくのか、自分の役割やこれからの身の振り方はどうなっていくのかと、読みに余念がなかった。

「おーい、そこの二人の人、こっちへ来てくれんかね。お待たせしました」

と座敷を通り越して、台所のテーブルを挟んで椅子をすすめた。

細身の背の高いのが尋ねる方で、ずんぐりむっくりの方が早くもメモを取る態勢であった。

まず仏の名前や経歴、この官舎や局の所在地など通り一遍のことを尋ねた上で、二人の住所氏名などを名乗らせ、

「ほう、庶務課長さんでしたか。これはどうも失礼しました。おたくさんたちもえらい災難だわねえ。今後お二人には、第一発見者ということで、いろいろ協力を願うことになる

が、ひとつよろしく頼みます。

　ところで、あんたたちは今日ここへ何時に到着したんかね」

「十時二十分過ぎです」

「ふん、本署へ一一〇番が入ったのは、十一時十分だった。一一〇番は、誰が、どこから掛けたんだね」

「はい柳瀬代理が、そこの電話からかけました」

（谷田は思わずほっとした。柳瀬が携帯で一一〇番はやばいと止めてくれたんだった）

「しかし、ばかに遅かったね。十時二十分にここへ着いた。それから五十分間も何をやっとったんだね」

　相手は冒頭から、単刀直入に切り込んできた。細身に似合わず、凛とした大声だった。

「それが動転してしまって、まことに申し訳ありません。何しろ、こんなことは初めてで」

「誰だってこんなことは初めてだて、面白いことを言われるねえ、ほんとに。高山で殺人事件は、少なくとも三十年は聞いたことないよ。

　ところで、現場は触っていないかどうか聞きたいんだけど、どうですか」

「触るというと、どういうことですか」

「被害者の体にふれたり、何か落ちていたものを片づけたりとか、ま、そういうことだわね」

「そういうことはありません。さっきも言いましたように、頭の中がまっ白になってしまって……。それに恐ろしくて、気味わるくて、余計なことに手出しするなんてことは全くありません。転んで血だらけの顔だって、警察がみえるまではそのままにしておこうと我慢していたくらいです」

（画鋲は、三十ぐらいはあっただろうが、これも柳瀬がポケットの中へしまい込んでいるのを見たから大丈夫だ。畳の目までは見ないだろう、何でも来いだ）

と谷田はまた調子が出てくるのを覚えたが、そっと左の腿をぎゅっとつねって自戒するのだった。

「今日はもう十二月の十八日か。郵便局さんも年賀状の書き入れ時で大変な時期だね。そんな時にこの事件で本当に同情しますよ。

ところで、課長は、ホシはどんなタイプの奴だと思うかね」

と、目の据わった顔でじろりと見られて谷田は思わずぞっとした。

（お出でなすったな。そんなこと知るもんか。だが、待てよ、これはひょっとすると、この俺が犯人とか、あるいは心当たりがないかどうか聴かれているということだ。聞き込み

ということか）

「私にはほんとに全く心当たりがありません。

十五日の金曜日、五時半にいつもの通り退庁されてから全く接触はなかったんです。最繁忙期に入っているので、私たちは、土曜、日曜も休まず遅くまで仕事をしておりました。よその局長さんたちも、土、日曜は休んではいないでしょう。でもT大出のこういうエリートの人は特別ですから、私たちも言っては悪いですが、当てにはしておりません。

年齢から言っても息子みたいなもので話題も合いませんし、普段は適当にたてまつっておくだけなのです。ですから金曜日の晩から今朝まで、局長さんの身辺に何があったのか、全く知らないのです。

今朝も、十時近くなってもみえないので、こういう繁忙期であり、職員の士気にも関わることなので覗きに来たわけですが、普段は珍しくないことなんです。

どう言ったらいいのか、ルーズというのか、よく言えば大物ということで、ご本人ももちろん高山なんて一年の腰掛けで、大きな夢とか野望もあったと思いますよ。

申し上げたいのは、まるで雲上人ですから、心当たりとおっしゃられても全くございません」

谷田は手振りを交えてこう熱弁をふるって、ちらっと隣の柳瀬を見ると、いかにも感服して、その通りですと頷いているので、ちょっと嬉しくなってしまった。

もう一人居た警察の若い衆というか、見習いみたいな感じの、いかにも堅物そうな男が、

「あのう、こんな物が落ちていました。ふとんのへりの所に」

と言って指につまんだのは、画鋲だった。

「何い、画鋲じゃないか。何んでそんなものがあるんじゃい。怪我でもしたらどうする。大体が、画鋲なんてものは壁にあるもんだが、何でまたそんなところにあるんだ。どんどんその調子でやっとくれ」

と細身の刑事がおだてた。

谷田も柳瀬もぎょっとしたが、今はまな板の上の鯉だった。肝腎のことはしゃべらず、どうでもいいことは長々としゃべってはぐらかすという、会計検査院や行政監察に対応するイロハの定石であった。

「あのう、こんな物が出てきました」

若い衆が洋服だんすから取り出して見せたのは、若い女のはくような色とりどりの透けのパンティの数々であった。さらに続けてまるでマジシャンのように、外国のヌード写真のアルバムを何冊も引っ張り出していた。

細身の男は苦笑いしながら、

「ご苦労さん、あとでばっちり吟味するから、どんどん他も当たってくれ。頼むよ」

と、いかにも人使いのうまさを誇るように郵便局の二人に笑みを返すのだった。

「この官舎は立派なもんですね。造りが凝っていて、木でもいいものが使ってある。署長官舎よりも敷地が広いし、立派だなあ」

と妙に感心していた。

「高山へは、本省出身のエリートコースの人が一年だけ回ってくることが多いんですが、高山の思い出のためにということで、時の郵政局長の肝いりで作られたそうなんです。でも我々事務方はなかなか大変です。草も生えるし、枝も伸びる。用心も悪いので、今回こんなことになり、あだになってしまいました。

局長さんは、お寺の息子さんなので、広々とした所で育ったせいか、ことの外気に入っていたんですがね。

よく言ってみえましたよ。アメリカなんかの住宅は日本とはけたがちがうぞと。郵政省に入ってじきにアメリカの大学へ留学したんです。『ウサギ小屋とはよく名付けたものだ。何が経済大国なんかであるものか』と、よく言ってみえました。私らそんなこと言われても雲の上の話でポカンと聞いているだけでしたがね」

「そうか、お寺の息子かね。それで名前が法賢か、なるほど」

と細身の刑事は頷いて、

「今日はご苦労さんでした。昼になったし、あんたたちも局に戻らないかんだろうから、ひとまずこれで打ち切ることにします。今日中に局長室を家宅捜索するので、よろしく。これからいろいろ聞きたいことがあるので、悪いけどたのみますよ。そこで場所だが、郵便局で聴取するか、署まで来てもらえるか、どっちがいいかね」

(幸い局長室が空いていますので) と悪い冗談が出かかったが、ぐっと抑えて、

「職員の目がありますので、署の方でお願いします」

と答えて、ようやく二人は解放されたのだった。

外へ出ると日差しが眩しく、のどかな冬景色で、あの板塀の中の地獄図が嘘のように思われるのだった。

「課長、服とズボンが血だらけですから、あとからサイズを聞いて買ってきますよ」

「ありがとう、そうしてくれるか。それにしても臭かったねえ。まだ臭いが、この頭の中にしみついている感じだ」

谷田はせわしなく煙草を吸いながら柳瀬に言うと、

「僕もそうですよ。この臭いは何日も離れないような気がします。でも課長はよく耐えてがんばられましたね」

「いやもう必死だったよ。それよりも君はよくやったねぇ。一一〇番を携帯でやっていたらアウトだった。電話の受信記録に一一〇番が入っていなかったら大変なことになるところだった」

「ひやっとしましたね。課長、この携帯は縁起が悪いから分解して処分します」

「俺もそう思った。そうしてくれ」

二人はここでにっこりと顔を見合わせて笑うのだった。

飛騨の人情

この日の昼のテレビニュースは、高山東局長が官舎で惨殺され、高山東署では捜査本部を設置して捜査に乗り出したが、未だ犯人の目星はついていない、との報道でもちきりであった。

夕刊でも何ページにもわたってデカデカと載り、街は騒然とした雰囲気となった。特に被害者が年若い二十九歳のエリート官僚で、地元の名士では文句なしに五本の指の中に入ろうという本局の局長が、こともあろうに就寝中に喉を掻き切られ、出血多量で即死状態。犯行は、十五日の深夜とみられるとの警察の発表は、この地方のみならず、日本中の度胆を抜くものであった。

観光客が、冬の到来とともに来なくなった静かな街は蜂の巣をつついたようになった。恐いもの見たさに、川沿いの橋の近くにある官舎は、夜になっても野次馬に囲まれて騒然としていた。まるで十月の祭りがもう一度来たような騒ぎになった。

噂は噂を呼び、犯人はどういう奴で、何の目的で犯行に及んだのか、何故この人が殺されなければならなかったのか、その局長はどういう人だったのかなどなど、まことしやかに伝えられて、一夜明けるとさらに騒々しくなり、仕事どころではないパニック状態であった。噂の中ではいろいろ変わったものがあり、その一、二を紹介すると、

六十過ぎの見たところどうってことのないお婆さんだが、実は拝み屋で、この人がご祈禱して、白髪を振り乱し、恍惚となってお伺いを立てたところ、不思議や、あどけない童子の声でお告げがあった。「大男の外国人が一人現れた。帰宅した局長は、自分の万年床に大男がふとんを被っていびきをかいて寝ているので、これは俺の寝床だと言って起こそうとしたところ、いきなり大きなナイフでやられてしまった。局長はまだあの世で迷っていて、年末の年賀はがきの業務が心配でならない」というもので、余りにも荒唐無稽で、言うにも憚られるのでじきに立ち消えになった。

次は、四十代のかかさで器量よしのちゃきちゃきであるが、酒、米、鰤、野菜、果物など数々の供え物をした祭壇を前に、やはりご祈禱して一心不乱に呪文を唱えるうちに、体が泳ぎ出し、気味の悪い踊りが始まった。そのうちに女は、着ているものを次々に脱ぎ捨てていって、色白の肌も露に、片方の乳房がぼろんと出たのを、三十人ほどの男女が固唾をのんで見守る中、一瞬さっと形相が変わって、歯をむき出し、あたかも般若の面さながらで、床をどんどん踏み鳴らすのだが、それが女の力ではとても無理な地響きで、見ていた者たちは恐ろしくて我先にはだしで逃げようとした矢先、急に鎮まり、ばたんとその場

に俯せになり、ややあって陰気な男の声で、
「賊は二十代の男一人である。痴情か怨恨によるもので、仏にも幾分落度があった。土地の者が犯人ではない。南の方、名古屋辺りの男と思われる。物は何も盗られていない。犯人は、オートバイで来て、オートバイで帰って行った。賊はなかなか捕まりそうにない。非常に難しいぞよ。ゆめゆめ嘘と思うなよ」
と、こういうご託宣であったが、賊が地元の人間ではなさそうで、しかもなかなか捕まりそうもなくては面白くないので、これもそのうちに立ち消えになる運命だった。

一つ現実的で、郵便局にとって切実な問題が発生して頭を抱えることになった。それは二十日から冬休みを利用して採用する男女のアルバイト学生二百人のうち半分以上がキャンセルの申し出をしてきたことだった。特に女子は全員といってもよく、手の打ちようがなかった。

親にしてみれば、わずかなお金のために、もしものことがあったら取り返しがつかないという理屈抜きの話であり、女生徒同士でも皆が尻込みしているのは、しめし合わせての上のことで、局としては完全にお手上げであった。

だから、さっきのお婆さんの見立てでも、局長が年賀状のことを心配しているとあったのはなるほどと思わせられるのだった。

そのうちに高山の街では、こんな風評も聞かれるようになった。

あの局長は、若造のくせにつんと威張った感じがしてどうもとっつきにくかった。俺たち飛騨人《ひだじん》を馬鹿にしたようなところがあったのでだちかん。それでどこのやんちゃか知らんが、腹にすえかねることが積もりつもってこうなってしまった。聞いた話だが、心当たりがないこともないと思わせぶりのことを言う輩までぞろぞろ出てくる始末であった。

たしかにこの地に限らず田舎の人たちは、よそ者が顔を合わせるたびに、

「ここはいい所ですね。空気はおいしい、水はきれい、自然がいっぱい、すばらしい土地ですね。それに人情が豊かで、都会では考えられないことです。長生きできるはずです」

と、まあこう言っとけばうまく暮らしていけるのだが、そんなことには関心が薄いか、あるいは、いい所だと仮に思っていても口で言ってくれないと、「何だあの人は、よそ者のくせに」とこうなってしまいがちなのである。

ところで、やんちゃというのは、普通、子どもが聞き分けがなくて、だだをこねることを言うが、ここ飛騨では、きっぷのよい男ではあるが、頑固者で正義感が強いあまり、言い出したら一歩も引かない、という一種のほめ言葉にもなるのだから、言葉というのはむずかしい。ちなみにやんちゃ酒というのがあるくらいなのである。

しかし、飛騨のやんちゃにはちゃんと自動抑止能力が備わっていて、決して行くところまで行って無茶苦茶をやって、仲間の調和を乱してしまうところまではいかない。しかし、この地のよいところがわからない変なよそ者に対しては、やんちゃが爆発することがあり、まるで休火山みたいなものである。

観光案内によれば、四百年近い昔、金森長近という武将が越前からこの地の領主となってやって来た。

ところが過酷な統治に耐えかねてこの地の百姓たちのやんちゃ魂が爆発、金森は出羽の上ノ山へ国替えとなって、この地は幕府直轄の天領とされたというのだ。

しかしながら、思うに長近は、信長や秀吉に仕えた猛将の一人であったので、幕府にとっては気になる男であったのと、この地が山だらけではあるが、木材資源のほか船津や天生《あもう》といった名だたる優良な鉱山があったため、天領にしたともいえる。

ちなみに、この天領だったということは、今でもこの地の人々の心をくすぐるのであるが、天領は全国に五十カ所以上もあったのだし、言葉は悪いがいわば植民地みたいなもので、そう自慢するほどのことでもない。尾張や加賀といった雄藩を向こうに回し、幕府の虎の威を借りて、ちょっと威張ってみたかったというところではないだろうか。

もう一つ、小京都というのもこの地の誇りである。寡聞にして幾つぐらいあるのかは知らないが、本家の京都をはじめとして例外なしに、昭和二十年の大空襲を受けなかった地であり、そのため道や家並が戦前の面影を残しているわけで、これも郵政監察の制度と同じようにアメリカさんのおかげと言えないこともない。

「奥さん、どやな」

と呼びかける川べりの朝市を、ぐるっと一回りして冷やかしたあと、橋のたもとで名物の中華そばを食べてみれば、旅情がいっそうかきたてられるというものである。

雨の葬儀

葬儀は暮れも押しつまった十二月二十日、生家の西明寺で執り行われた。

お寺さんのところの葬式とあって、近郷近在の寺々の僧侶が宗派を問わず集まって来ていて、寺というものがこんなにも多くあったのかと思わせられ、その数は優に百人を越えていただろう。

京都の大本山からも偉い人が来ていて、もちろん一番の上座であった。

そういうわけで、葬儀も庶民とは違って実に大規模なもので荘厳であった。

ただ、新仏がまだ若いこの寺の長男で、前途洋々のエリート官僚であったことが暗い影を落としていた。

ところで、郵政側も寺々と張り合うくらい多くの参列者を数え、総本山の霞ヶ関からは、エリートと思しき人が大臣の弔辞を読み上げ、その次が郵政局長の出番であった。

僧職の身で悟りを開いているはずの新仏の両親は、気の毒にも見るからにやつれて正視に耐えなかった。また、その表情にはまだ犯人が捕まっていない苛立ちと、犯人への憎しみが十分見てとれるのだった。

ポクポクポクポクとリズムも正しく木魚を叩く音が鳴り止むと、金綺羅《きんきら》の長い頭巾の、目付きのいやに鋭い坊主が、「エイーッ」と気合いを込めて死者に引導を渡した時がクライマックスであった。

これだけ参列者が多いと、親族とはちがって、いろんなのが混じっているのもまた止むを得ないことではあった。

「葬式は、暑いか、寒いか、雨か、雪かで、あんまり穏やかな日にはめぐり合わせんな」

「そうや、今日は寒いのと雨の両方や」

「えらい大勢の人やねえ。香典だけでもどえらいじゃろな」

「喉を切られて殺されやしたと、むごい話やないかえ」

「お寺は働かんでもええし、ごっつおは食えるし、ええことやなあと思っとったが、本当はそうでもないげな。

こんな大きな庫裡の中で寝るだけでも恐いのに、あの墓な、何百本も建っとる中には、成仏しとらんのもよおけおるらしくて、そいつが崇ってくるんやと」

「ほうか、誰に聞いたえ」

「テレビドラマでやっとった」

「坊主で嫁さんをもらってもええのは、日本だけやとな。韓国でも、タイでも、中国でも結婚してはあかんのやと」

「なるほどな、それもテレビか」

とゲラゲラ笑い出す始末で、言葉からして村の人たちと思われた。

類をもって集まるというが、郵政は郵政で鐘楼の下や庫裡の廂《ひさし》に雨を避けながら、

「高山の局では、バイトの女子高生がみんな断ってきたらしいぞ。ドタキャンもええとこやわ。親が絶対あかんと言うて許さんのやと。ああいう土地柄だから、親同士の連携はどえらい強いで処置なしだわな。女の子たちだって気持ち悪いと思うよ」

しかし大変だ、えらいことになったと口々に言いながら、火事場の野次馬と同じで、どう見てもよその不運を楽しんでいるようにしか見えなかった。

「郵政局も頭が痛いだろうな。俺たちが局に入りたての頃、年賀状なんてストのためいつ着くかわからんと言っとったが、飛騨の方が似たようなことになってきたな」

「次の局長は誰だろうな。年が明けて、松が取れたら発令になるだろうな。誰がなっても、その官舎にだけは入らんと思うよ」

「毎晩うなされて、三日ともたんぜ」

「それはそうとあそこの庶務課長は気の毒だな。警察にだいぶんやられとるらしいぞ」

「普通の者だったら参ってしまう」

「あそこは谷田か。あいつなら大丈夫。何しろ大狸で、転んでもただでは起きない男だ。次はちゃんといいポストへ栄転させてもらえるんじゃないか」

「それにしても寒いなあ。昼は熱いうどんかラーメンでも食いたいもんだ」

「足の裏が痛いくらい冷たいが、俺だけかな。新品の靴がこの雨でわやだわ」

「禅宗の葬式はけっこう長いなあ。本願寺の倍はかけるて。お経はさわりのところだけでええ」

などとてんでに勝手なことをしゃべりながら、本堂の中を見上げたり、時計に目をやったりして時間を潰しているのだった。

谷田は、高山東局の代表として、本堂での葬儀の列に連なってかしこまっていた。総括部長の冨江は、郵政局長の隣で、あたりを睥睨しながら、ことさら威儀を正していた。

谷田は、最初のうちは、故人の父母や女きょうだいをはじめ親戚まわりの人たちを、自分独自の物差しで品定めしていたが、正座の足がだんだん痛くなってきて、我慢の限界にきていた。それに冷え込みも手伝って小便まで催してきた。

上から眺めると、庫裡の廂の下で顔見知りの同輩たちがしゃべり合っているのがつくづく羨しくなってきた。

だが焼香の列はまだまだ延々と続いていた。

やっと葬儀が終わって人々は雨の中をばらばらと散って行った。

谷田は、本堂の階段を下りて、その大きな廂の下で、いつ冨江が親しく声をかけてくれるのか不安にかられていると、

「職員課の者ですが、高山東の谷田課長さんですね。総括部長のご指示で頂きに来ました」

と耳元で囁いた。

(なんだ、使いの若い衆か)

と意外だったが、それでも有り難やと鞄の中から、ガムテープでぐるぐる巻きにしてある大きな茶封筒を取り出すや、ぐっと力を込めて突き出して、

「頼んだよ。部長さんにくれぐれもよろしくと伝えて下さい」

とこれはまた大きな声だった。

郵便配達

冨江は葬式が終わってまずはほっとしたが、これからは幾つもの難しい局面に立たされることになるのを予想していた。

年が明けて、松もとれると、谷田は静岡県内の局に、柳瀬は三重県内の局にと、それぞれ大抜擢されて栄転になった。

あの惨劇の後始末をきちんとやり遂げたことでの論功行賞と、事件のショックを癒してやりたいという温かい親心の表れであった。

しかし、捜査本部では、事件の第一発見者が二名とも、いかに栄転とはいいながら、何百キロも離れた所へ異動してしまうのが不可解で、不信感を隠せなかった。

この二人には、まだまだ引き続き聴取したいことがいっぱいあったのに、と能登谷《のとや》係長は憤りを感じ、この裏には何かあるなと思わないわけにはいかなかった。

冨江は、模造紙三枚でかれこれ畳一帖半分もある犯行声明を小さな紙片に書き写し、まるでお守りみたいに人の目にふれないところに隠して持ち歩いていたが、いまさらながら心底怒りがこみ上げてくるのだった。

（これは精神がまともな人間のものではない。殺し方も聞いたこともないやり方ではないか。

国民が信頼できて、親しみがあると支持してくれているのに、そうではないと言い張っている。俺だって聞いたこともない「国体護持」とか、知ったかぶりに言いやがって……。これは戦争の勝敗は別として、皇室を守るということだったらしいが、皇室と郵政を一緒に考えるというのも頭がおかしい証拠だ。

T大出などのキャリアのことだが、彼らは頭がいいのだから仕方ない。俺なんて、勉強が嫌いで大学なんて行きたくなかった。その俺が今では功成り、名も遂げようとしておる。よっぽどひがみ根性が発達した異常性格者らしい。俺ぐらいになると、こっちがキャリアをうまく操縦して、連中の顔を立てながら、こっちも利益をいただくという持ちつ持たれつの関係になっとるんだわな。

この人に恨みはないが、世直しのためにも、血祭りにあげるのだ。また至るところで義賊が地の中から湧いて出て暴力を振るってくれ、と言っとるが、やはりまともな人間ではないことは確かだ。まさに見境のないテロではないか。ところが、こんな馬鹿げた声明文でも、いったんマスコミの手に渡ると、面白おかしく書き立てて、これにも一理あるとかなんとか言って世間を煽る。

そのうちに阿呆で無鉄砲な奴らが、毛虫がわくように出てきて、そこら中で暴れ出すという寸法だ。それにしても、なにが破邪王子だ。どうせ貧乏人の倅にきまっとる。

俺が決断して、警察を欺いて隠してしまったのはさすがだ。自分をほめてやりたい）

冨江はこう自分に言い聞かせて、しばらく黙想にふけりながら次の一手を編み出すのだった。だが、もう暗記するまでになった犯行声明文の文句がちょろちょろと頭の中をかすめて、黙想の邪魔をするのであった。

この声明を書いた者と犯人が同一人かどうかだが、文面に気合いが入っていることからして同一人と思われる。

次に郵政の人間かどうかだがこれが難しい。

冨江には直感として、恐ろしいことだが部内職員であるような気がしてならなかった。その場合、ここの管内の者か、管外の者かは分からないが、管内だけは得意の情報網を駆使して不審者を洗い出しておこう。

警察は警察で必死になって捜査しているだろうし、郵政部内者と睨んだら情報の提供を求めてくるに違いない。その時のためにも至急ブラックリストを作っておかなければならない。当然警察に協力できることはしなければならん。

餅は餅屋で、案外早くタマを割り出すかも知れない。そうなれば結構なことで一件落着となるのだが、しかし待てよ。

取り調べに当たって、容疑者は当然のことながら現場に残した犯行声明を持ち出すだろう、警察は初耳でびっくりだ。弁護士も知恵をつけるし、検察も変だと思うにちがいない。第一発見者の谷田と柳瀬が遠い所を呼びつけられて尋問を受ける。かねて三人で示し合わせているとおり、知らぬ、存ぜぬで押し通すしかない。

二人のうち一人でも、

(実は、あの時携帯電話で上局にお伺いを立てたら、そんなものは引き剝がして隠してしまえと指示がありました)

とでも言わされたら、トホホ、今度は俺が呼ばれる番だ。

二人とも大栄転させてやったから口は堅いはずだが、蛇の道は蛇とやら、もう一度電話できつく釘をさしておこう。

ここで富江は、柄にもなく六法を取り出して刑法をぺらぺらとめくり出して背筋が寒くなるのを覚えた。そこには、証拠湮滅、二年以下の懲役とあった。裁判ともなると、偽証の罪にも問われることになるのかと空恐ろしくもなってくるのだった。

するとさっきまでの自信と自己陶酔がないまぜになったうっとりとした気分はいっぺん

に吹っ飛んでしまった。

ここで冨江はヘボ将棋さながら長考に入った。

(このまま知らぬ存ぜぬと押し通すつもりでうっちゃっておくのか、それとも自分が捜査本部へ出向いて頭を下げ、実はかくかくしかじかであり、これも偏に愛する郵政事業を守るためとはいえ、頭が混乱してしまい、不適切な指示を出したことは誠に申し訳がないと、忌ま忌ましい犯行声明を提出して率直に詫びるかのどちらかである)

結局のところ冨江は、のこのこ謝りに行くわけにはいかないとの結論に達した。

その理由は、事件後すでに一カ月も経っていてばつが悪く、向こうもすんなりとゆるしてくれそうもなく、かえって双方の不信感が増幅されて県警と地方郵政局、警察庁と本省というように、問題が大きく広がってしまうおそれがあり、そうなればマスコミにもリークされて得るところは何もなくなってしまう。

それともう一つ分かりやすい理由は、

(俺とあそこの署長とでは格が違うということだ。

今年の定期人事異動では、まちがいなく中央局長になれるだろう。来年春には園遊会に招かれて妻を連れて皇居に参内することになるし、逓信記念日には大臣表彰が待っている。このあと六十で退職だ。そのあと十年経って七十になると叙勲の沙汰、畏れ多くも勲四等旭日章だ。
その俺が何で、何枚も格下の署長如きに頭を下げなきゃならないんだ。ばかばかしい。この俺なら、ひょっとして県警の本部長よりもまだ格が上なんだから、参ったか）と、ひとりでに感情のボルテージが上がってくるのだった。しかし、大事なことを一つ見落としていた。

格下かどうかは別として、あちらには権力というものが備わっており、こちらにはそういった結構なものは全く見当たらないということである。

もともと役所には、必要悪とも言える権力なり権限があるものであるが、郵政だけにはいくら探しても見つからず、霞ヶ関七不思議の一つに数えられているのである。

権限どころの騒ぎではなくて、名物の幟旗《のぼりばた》はいいとしても、郵便局ほどにこにこしながら、気安くものを頼みこむ官庁も珍しいのではないか。思いつくままに拾ってみると、

・箇保は今が入りどき
・記念切手が出ました
・ふるさと小包の御注文
・自動引落しは郵貯に
・年賀はがき予約承り

などなど千差万別であるが、もっと大きな頼み事は、選挙のときと、郵政事業は絶対に国営で、という二本柱である。

ほんとうに変わった公務員もいるものだが、なんでまた、まつりごとの「政」という字が入っているのか、これは郵政七不思議の一つにもなっている。


総括部長の指示により、各局に配置してある情報網を通じて管内各県から問題職員の報告がされ、これには写真、自筆による本人の筆跡と不穏な行動の事例が付記されていた。

総括部長腹心の部下がさらにこれらをふるいにかけて最終的に十三人の要注視者がリストアップされた。その選別基準は、
・過去に過激派に所属していた者
・警察沙汰になった者
・暴力行為に及んだ者
・事業の国営存続に懐疑的な者、または民営化論に迎合している者
・その他、危険思想の持主
などであったが、写真の中で特に人相の悪いのも、排除するには惜しいとしてブラックリストに名を連ねたのだった。

ある日のこと冨江は、子分筋に当たる元監査官で、今は小さな市の郵便局長になっている男を自室に招き入れた。

「おお来てくれたか。忙しいだろうに悪かったなあ。今日は折り入って頼みたいことが出来て、電話では言えなかったんだが、一つ頼むよ」

といかにも済まなさそうに頭を下げた。

冨江ほどの貫禄の者からこのようにされると、相手はどうしたらいいのか恐縮してしまうのであったが、冨江にとってはこれが信望を得る秘訣で、いちばん得になるやり方なのである。

「今から言うことは君を見込んでのことだから、絶対に極秘だよ。さもないと俺はともかく、君のこれにも関わることだからな」

と首に指を当ててまず嚇しておいてから、くだんの犯行声明を広げながら、聞き取れないくらいの小声でおもむろに切り出すのだった。

ところで冨江という男の風貌の特徴は何といってもその眉毛であった。大きな毛虫のような異常に太い眉毛がギョロ目の上を覆っており、これが貫禄を示す小道具になっていた。耳もまた人並み外れて大きく、包容力が豊かであるとの評判の根拠にもなっているのであった。この耳はまた、情報量が豊富なことも示していた。なに、情報といっても、噂話や告げ口の類で、その種のネタを好む者には多く入ってくるのは当然というものである。しかも、声が度外れて大きくてよく響き、指揮命令がよく行き届くには欠かせない武器として、彼の出世を支えてきてくれたものである。また、必要に応じて、まじめな小心者を恫喝する時にも威力を発揮した。そして何よりも自他共に認めるいちばん優れているところは、その豊かな頬で、血色よく艶があって、財力と生命力の表れであった。

不幸にして先年女房に先立たれたが、二人の息子はすでに独立しており、面倒をみる人が現れて、十五も年下の器量もまあまあの初婚の女性と、前年の春に再婚したのだったが、これも自慢の頬のおかげともいえる。

酒席が多いせいか、腹はますます張り出し、肩をそびやかして歩く癖は昔から変わらないものの、肥満にともない脚をハの字型に運ぶきらいがあるのはちょっと気になるところだが、誰しも無くて七癖、気にする人も、ましてや天下人を真似する人もあるわけがなかった。

「実は、高山東の局長が十二月に殺された事件なんだが、この犯行声明が現場にあったんだ。わけがあって、警察は全然見ていないんだよ。見てのとおり、郵政への反感を煽る中身でまずいんではないかと、第一発見者の課長が判断して、自分で勝手に持っていて、その後こちらに内々報告があり、こっちも結果的に追認したかっこうになっているんだ」

「そんなことしたら証拠隠しになるんじゃないですか。困ったことですね」

「おい、君とそれを議論するつもりはない。俺が呼んだのはそんなことではない」

冨江が不快感を露骨に顔に出すと、相手は犬が飼主に叱られたようにちぢこまってしまった。

「俺はだな、残念だが、下手人はひょっとすると部内者かもしれんと思う。管内の者だったらえらいことなので、あらためて問題職員をリストアップさせたんだ。これがその十三人で、本人の筆跡も集めてある。

そこで今ここで、このむかつく声明文とぴったり一致するものがあるかどうか、筆跡鑑定を頼みたいんだ。是非頼むよ」

男は神妙な顔付でさっそく作業にとりかかり、三十分程経ってから、

「これです。間違いありません。鬼頭健《きとうけん》です」

と興奮して言った。

「ほんとか、こいつか、そうか、えらいことだ」

冨江も興奮していたが、自分がひょっとして部内者ではないかとの勘がずばり的中したことに満更でもないという思いを隠し切れなかった。

このあと元監査官は、鬼頭という男と断定した理由を、字の癖を引用して細かく説明し

たので、冨江は改めて納得した。この後、用済みの本物の犯行声明はシュレッダーにかけられた。

M局からの報告によるとこのようになっていた。

鬼頭　健（二十八歳）

配達課配達業務、以前本省に二年間在勤。しかし落伍して原局に復帰

無口で何を考えているか不明

上司の信頼度　ゼロ（営業活動をやらない）

面従腹背型、独身、趣味不明

市内のアパートに居住、彼女はいない模様

お客からの苦情例

商店主とささいなことで口論し、相手から殴られた。抵抗せず、警察沙汰にせず。

また書留の配達時、お客に文句を言われたことに腹を立て、玄関先の犬の頭を蹴り問題となり、本人が陳謝して収まった。

一年前、課長からなぜ営業活動をやらないのかと叱責されると、ＤＭが多くてそんな暇はないと食ってかかった。なおも課長が諭しても聞く耳をもたず、お客が欲しくもないものを無理に売りつけようとするのはおかしい。山奥の田舎の局員は同じ給料で

楽しており、大都市にしわ寄せがくるのはたまらん、と反論した。(処分は見合せ)と、ざっとこんな調子であった。

冨江は明日にも鬼頭というのがどんな奴か自分の眼で確かめたかったが、いずれ何かの口実をもとにその機会を作ることとし、M局から鬼頭に関する情報をもっと取り寄せることとし、柄でもない大捕物の構想を練り続けるのであった。

一方で冨江は、先の子分を使って、鬼頭が出勤して留守の間に、アパートに踏み込ませて、室内を調べることまでやらせた。

アパートの大家は、人の好さそうな老人であった。ばか丁寧な挨拶と値の張っていそうな手土産を無理に押し付けたあと、男は、大家の歳が八十一と聞いて、とてもその歳には見えない、六十七、八でも通るはずと見え透いた世辞を言うと、爺さんは待っていたとばかりに、

「こう見えても私は、陸軍の主計中尉だったんですよ。鍛え方が違うわねえ。

士官学校を出て五年間も大陸で転戦しましたが、それはもう帝国陸軍の威勢は大したもんでしたよ。何人かの軍司令官にもお仕えしましたが、皆どえらい貫禄のある立派な方ばかりでしたよ。もっとも、口を利いたこともなく、遠くから直立不動で敬礼するぐらいのものだったけどね」

年寄りは調子に乗ってきて、止まりそうもなくなってきたので、男は、

「また、ぜひこの次にゆっくりと武勇伝を聞かせて下さい」

と諂《へつら》いながら、

「ところで、局員の鬼頭君ですけど、結構戦史に詳しいというのか、若い者には珍しく興味を持っているらしいんですが、きっと大家さんからいろいろ教えてもらったとかあったんじゃないですか」

と水を向けると、意外にも、

「それがだね、以前に戦争の話を五、六回してやったんだけど、始めのうちは興味深そうに聞いていたんだが、そのうちに何故か話に乗ってこなくなってしまったんだわな」

ここで爺さんは急に小声になって、

「ここだけの話だけれど、鬼頭は大分変わっとるよ。さっきの戦争の話やけど、ある時こんなことを言いやがった」

「ほう、それはまた何で」

と、けしかけると、

「小父さんは、何で戦死もせんと助かったんだ、と訊くもんだから、わしも腹が立って、司令部付の主計という任務がいかに重要なものかを説明してやった。

そしたら、どう言ったと思うかね。

そんなら軍司令官は、平常は何をして過ごしとったのか、また、敗戦後はどうなったか、と食いついて来たんだわな。わしはもうびっくりしてしまって、そんなことはお前に関係ないことだがや、と言ってやったら、怒ったような顔をしておった。

若い者がいくら戦史に興味を持って本を読んだって、実際の経験の無い者が何を言っとるかということですよ。

そうそう、この前は、回覧板のことで、年寄りの町内会長がえらい目にあったんや」

「えっ、回覧板ですか」

すかさず男が合いの手を入れると、

「どうも回覧板の回ってくるのが遅いために、町内で大問題になっとるというので、町内会長が適当に二、三の心当たりを当たったったんだわな。それで鬼頭のところを訪問したらこれも、どう言ったと思うかね。

いきなり何が回覧板だ。秋の交通安全運動だとか、ごみの出し方がどうとか、やれ赤い羽根の募金だとか、とろくさいことばかり書いてある。

これからは俺の所には絶対に回すな。大体が、回覧板なんていうものは、戦時中の大政翼賛会の手先だった隣組の遺物でけしからん。ふん、町内会長にどういう権限があるんだ。

とものすごい見幕で怒鳴り散らしたげな。しかも顔をぶつけんばかりに近づけて、町内会長が言うには、その時ナイフを振り上げて威されたと言うんですわ。

ナイフとは聞き捨てならんので、鬼頭に問い質したところ、彼が言うには、丁度その時、書き物をしていて、ボールペンを握ったまま応対に出たと言うんだが、その辺のところはどうもよく解らん。

話は変わるけど、その頃こんな事件もあったな。

この辺りの路地で、若い男が、結構大きな犬を連れて散歩しとったんだが、そのうちに犬の奴が、路のど真ん中にウンコをした挙げ句、そのまま立ち去ろうとしたということです。丁度そこへ鬼頭が出くわして、何だお前は、と色をなして問いつめたそうです。

これは、一部始終を見ていた近所のお婆さんの話です。

飼主の方も、この野郎、というので怒鳴り返し、いきなり鎖を延ばして犬を鬼頭に向けてけしかけたんだそうですが、あの男は、ああ見えても肚の座った奴で、咄嗟に長い鎖をたぐり寄せるが早いか、犬のどてっ腹を思い切り蹴り上げたそうです。犬がキャンキャーンと悲鳴をあげると見るや、もう一発キックを見舞って鎖を放したので、犬はじゃらじゃら引きずったまま逃げ去り、飼主の男はほうほうの体で犬を追ったということです。

お婆さんは久しぶりに胸がスーッとしたと言っとった」

「ほう、いろいろ出てきますねぇ。人は見かけによらないと言いますが、本当にそうですねぇ」

「それからこれは絶対に口外してもらっては困りますが、去年の春頃、ある病院の若い先生が、聞き合わせというのか、丁度あんたみたいに訪ねてみえたんです。

どうも神経科系統の方みたいでしたが……。ただその時に私は、あくまでもプライバシーのことだし、家賃はきちんと払ってくれているし、それとその先生の、言ったらなんやけど、態度とか、ものの言い方が気に入らなんだので、当り障りのないことを言って、追い払ってしまったんや」

「そうですか、よく分かりました。大家さんにも、うちの職員がいろいろご迷惑をお掛けしているんですね。

こういうお話を聞くと、私としても放っておけませんので、ほんの二、三分でいいですから、一度彼の部屋をちょっと覗いてみたいのですが、お許し頂けますでしょうか。

もしもこの先、何か不始末を起こすようなことがあると、公務員ということもあって、世間に申し開きができないことにもなりかねませんので」

と、平身低頭して頼み込んだところ、このあと老人はわけなく合い鍵を渡してくれたのだった。

本来、人の家に無断で入り込めるのは、理由が明示された裁判所の令状がなければ出来ないことであるが、ベテランの元監査官ともなると、弁もさわやかに人をその気にさせることぐらいは朝飯前なのであった。室内に入った男は、部屋がきれいに整頓されていることにびっくりした。

書棚には想像していた以上に沢山の本が並べてあったが、驚いたことに多くが第二次大戦にかかわる戦記物であった。朝鮮戦争やベトナム戦争などのものも揃えてあり、ぺらぺらとめくってみると、赤で傍線が引いてあったり、書き込みなどもされて、相当読み込まれていることがうかがわれた。机の引出しからは、当てにしていた毛筆と墨汁が確認されて、この捜索は大成功であった。

総括部長にさっそく電話すると、感激したように喜んでくれて、忍びの男は一大事を達成した満足感に浸ることができた。

これに味をしめてもう一度忍びがあり、この時は高山の市街地図と、新聞の切り抜きで六月に若園局長が着任した時の「時の人」欄に載ったものが発見されたのであった。

今や冨江総括部長と、その子分でお抱えの元監査官は、神聖な事業を守り抜く戦いのために、本来の仕事そっちのけで捕物に狂奔し、醜いハンター、チェイサーになりきっているのだった。

死の国へ

鬼頭は、このところどこからか冷たい視線で見張られていることを感づいていた。アパートの部屋にも誰か入り込んだことが、本の背の不揃いでわかった。大家の親爺はいい人だが、問わず語りに、

「局の方で、独身者が余暇にどんなことをしているのか全国的に調査しています、とか言ってあんたのことを聞いたんだわな。わしは、礼儀正しいええ人だよ。そろそろ所帯を持たせないかんわな、と言ったら、そうですか、それで安心しましたと言って帰っていったよ」

と言うのだった。

このことは一月の末頃であったが、二月に入って鬼頭は退職を決意した。そうと決めたあとは、部屋の本という本をまず全部捨てて踏ん切りをつけるのだった。

一月中に二回にわたって高山東警察署へ、犯行声明を現場に遺してきたことを、一度は公衆電話から、二度目はワープロで打って郵便で送ったが、どう受け止められているのか気がかりでならなかった。

公衆電話のときは、大きな模造紙三枚にわたって書いた犯行声明を畳に画鋲で止めてきたが、テレビや新聞では全然触れられていないがどうなっているかと尋ねてみたが、警察側の応対は要領を得ないものだった。

これには事件後犯人を騙《かた》っていたずら電話が幾つかあって真偽を見定めかねているのではないかとも思われたので、今度は日を置かずにワープロに打ち、自分が遺してきた犯行声明文はこの通りのものであり、近日中には身辺を整理した上で、遠からずそちらまで出向いて自首するつもりであると郵便で投函したのは一月の末であった。

二月の半ば過ぎに一身上の都合によりということで突然退職したが、十年間働いたこの仕事には、何の未練も感慨もなかった。

三月の初めの晴れ渡った日、鬼頭は愛用の大型のオートバイに跨って、四国巡拝八十八カ寺の旅に出た。すでに車は廃棄し、アパートもきれいに引き払ってしまっていた。

自首して出るのは四月の桜の時と心に決め、これが娑婆の見納めと思って眺める四国の山々は、椿か楠か、広葉樹の森が陽光にきらめいて心が洗われるようで、思い切って海を渡ってきたことに感謝の念が湧いてくるのであった。また、四国の人たちの優しい物腰と、間のびのしたような話しぶりが、荒み切った心を癒してくれるのだった。

四国八十八カ所と聞いてはいたが、何しろ俄か巡礼のこととてさっぱり要領を得ないの

で、年寄り夫婦の足をとめて、

「全くの初めてなんですが、どのようにしてお参りしたらよろしいんでしょうか」

と尋ねると、丸顔の爺さんは、よく尋ねてくれたと喜んで、

「ようお参りやす、お若いのに感心ですな。別に特別なきまりということはないんですが、わきまえていた方があれこれ考えることなく、能率よくというとおかしいんですが、見た目もよろしいのでお話しさせてもらいます。

どちらからお出で、へえ、名古屋ですか。私らは大阪でして、春と秋と季節のよい頃こうして婆さんとお参りさせてもろとりますんや。年もとっているし、難しい仏教のことも分かりません。ごっつい修行も今更でけしまへんし、まあ娯楽みたいなもんですわ。

それでと、今のお身なりのままでは、ちょっと何ですよって、あそこの売店で白衣《びゃくえ》と輪《わ》袈裟《げさ》と金剛《こんごう》杖とこの三つだけは揃えて下さい。それからろうそくとお線香とライター、ま、こんなところやろか。数珠はお持ちで、はい」

とそれは親切なものであった。

一番札所から二番、二番札所から三番へとオートバイで駆けていると、こんなにも爽やかで楽しいことがこれまでにあっただろうかと、鬼頭の気持ちは浮き浮きしてくるのだっ

た。

ひと月後には自首して、あるいは今日、明日にも追っ手が来て逮捕されるかもしれない今の刹那だからこそ、こんなにも回りが美しく、人が優しいのかとも、思えるのだった。ぐぉーんと鳴る鐘の音を耳にするたびに、何故かもの狂おしいまでに自分に呼びかけているようで目頭が熱くなってくるのだった。

畑には菜の花が咲きはじめ、右に左に燕が宙を切っていた。この燕たちが南の国へ帰る頃、俺はもはや自由の身ではないのだが、燕たちよ、ありがとう、と素直に思えるのも不思議なことだった。

そうかと思えば、ぐっと目を見開いた仁王像の大きな足の下で、悪い小鬼が苦しげにもがいているのが憐れで、これは俺にそっくりだ、してみるとこの仁王は誰に当たるのだろうと想像をめぐらすのだった。

ふと道端のお地蔵さんに車輪をとめると、遠目には素朴と映ったが、その顔をしげしげと見れば苦悶の相がありありと見てとれて、ぞっとすることもあった。それとは反対に、顔中が微笑みの相に彫られている石の像もあり、その瞼は厚く、口も大きめで春の野で遊んでいるかのような風情があった。

虫の数々も陽気に誘われて土の中から湧いて出てきていた。毛波をうちながら堂々と道を横断して行く毛虫を見た。どこへ、何しに行くつもりなのか、目的がちゃんとあるようで、傍目もふらずという感じで愉快だった。

廃材置場の中に何か鳥のように見えたものがあり、近づいてみると、それは三匹の仔猫だった。親はどこかへ出かけているようで、ひそとの音も立てず固まって寄り添っているのが憐れであった。

匂いに誘われて寺の裏手の梅林に入ると、多くの牝鶏を従えて一羽の雄が偉そうに歩きまわっていたと見るや、すばやく牝の上に乗って交尾を果たし雄々しく勝鬨をあげるのを見ると妬ましくなり、思わず雄を追いかけたが、悠然としてかわすのも憎たらしかった。(俺はついに不犯のまま一世《ひとよ》を終わるのか)と思えば、つくづく情けなかった。(まさしく敗北者にちがいない)

(親切に教えてくれた大阪の爺さんも、これは修行ではないが、般若心経を唱えながら回っておれば、頭が空っぽになってなぜか有り難いと言っていたが、そういうものかもしれない)と鬼頭は思うのだった。

(俺もあとひと月、有り金をはたいて美味しいものも食べ、たまには立派な旅館にも泊まってみよう)と、心に決めると、

おん　あぼきゃ　べいろしゃのう

まかぼだら　まに　はんどま
じんばら　はらばりたや　うん

の光明真言を唱えるのも、苦にならなくなるのだった。どういう意味だと考え出すと、ばかばかしくもなるが、呪文だから分からない方がいいと思えば、分からないことが有り難いのだ、とおぼろ気ながら分かるような気がしてくるのだった。

四国路のオートバイは快適だった。道路は空いているし、小回りがきき、身の回りの物は積めるし、いいことずくめのはずだが、雨には弱い。雨の日は、急ぐ旅でもなし、ゆっくりと休養することにした。

郵便配達の頃は何とも思わなかった雨が、仕事から離れてみると苦手に変わっていた。その雨の中でも歩き遍路の人が、大きな荷物を背負って傘をさして歩いているのは修行か、罪滅ぼしのためか、見ていていかにも悲壮な姿ではある。かと思えばまた、六十代の趣味の悪い服の老人と、これまたいかに、三十そこそこの別嬪さんが高級車で寺まで乗りつけてから、数珠を片手に腕を組みながら本堂へと石段を昇って行くのを見るといかにも場違いな感じで滑稽とも思えてきておかしい。

その日は午後から体が無性にだるく、熱があるようだった。早目に宿坊《しゅくぼう》に入り、夕食も攝らずに横になったが、高熱にうなされ、下着を換えても換えても汗だくとなった。熱のせいか魔物のせいか恐ろしい夢の数々は朝になっても幾つか憶えていた。

三月《みつき》前に、この手にかけた高山東の局長が、ふとんから起き上がって笑いながら近寄ってきた。血の跡もなく、手には何も持っておらず、親しそうに、懐しそうにして歩み寄ってきたのだ。

料亭と思しき座敷で、床の間を背に恰幅のいい紳士があたりを睥睨して構えていた。見たこともない人だが、丁重に挨拶をしたところ、目をむいて怒り出していきなり杯を投げつけてよこし、ぱっくりと額が割れてたらたらと血が落ちた。その男は、眉毛が異様に太く、頬が豊かであった。

オートバイを走らせていると、道を塞ぐようにして小さな仏壇が転がっており、中は空っぽであった。これをどけようとすると物凄く重く、そのうちに磁石のような力で体ごと吸い込まれそうになったので必死に逃げた。

硝煙渦巻く戦闘の場面が現れ、何千人もの兵が喊声をあげていたが、一陣の風とともに、白い頭蓋骨の山に変わっていた。

真っ暗な広い神社の境内に何万もの兵隊が集まっていた。銃を持って直立不動の姿勢である。

数が多い方と少ない方に分かれて対峙しており、多い方が一斉に、

「菊は枯れました」

と叫ぶや、少ない方が、大音声で、

「黙れ！　斬るぞ！」

と言うが早いか日本刀を抜いて何十人もの兵隊を斬りつけた。

そのあとは元の静寂にかえり、夜が白みはじめると皆消えていなくなった。

鬼頭自身、これだけ気味の悪い夢を見つづけると、もう人生の旅の終着に近いことを感ぜずにはおれなかった。

翌日はどうしても寺に入りたくなく、観光地をゆっくりと回って早めに大きなホテルへ投宿してくつろぐことにした。

南国は日に日に若芽がふくらみ、家々のつつましい庭には草花が咲ききそっていた。

小川の水面には、無数の水すましが、いとも易々とすべったり止まったりして遊んでいて、生きるということは何でもないことなんだよ、と囁きあっているみたいだった。

豚舎の臭いがするので、近づいて見ると、五十匹ほどの豚が、一つの例外もなく寝ていて、考えることなしに生きている手本を示してくれていた。親分もいなければ子分もいない。秀才もいなければ劣る者もいない。変わり者もいなければ異端者もいないという見事な共同体ができているのだった。

蟻の行列はどこにでも見られたが、どういう役割なのか、列の乱れを防いで監督するつもりなのか、前や後に往き来する蟻が必ずいるのだった。どう見ても行列の働き蟻と同じ蟻なのに、そういう統率者になる審査にパスしたとでもいうのだろうか。ただ不思議なのは、何千億もの働き蟻がいるだろうに、いやいや動いているのは一つもいないことだ。

それなのに人間は、何十年も仕事というわけもわからないものに縛られて一生を終わってしまう。先の大戦では、国のためにいとも簡単に召されて命まで奪われてしまっている。挙げ句の果てにわずか数十年できれいさっぱりと世間から忘れ去られてしまっているのだ。

鬼頭は、南国の岬の寺である一日ぼんやりと過ごした。

岬に立つと、東も西も南も太平洋で、なるほど地球が丸いというのは本当だと思わせられた。この海の果てに今もなお横たわっている白骨が幾万あるのか思いめぐらしていた。

(軍艦や商船の中に閉じ込められ、今では珊瑚の殻のように折り重なって固くなっているのもあるのだろうか)

祖父は油槽船に乗り組んでいたが、昭和十九年潜水艦によって撃沈されたと、鬼頭は聞いていた。それは父が小学校二年生の時で、父も、自分も、敵の一発の魚雷でそれからの人生を決められてしまったような気もする。また、母の長兄も昭和十九年レイテ島で、次兄も二十年ルソン島で戦死しており、父母共にいわば戦争孤児同士であった。

レイテはやられっ放しの激戦地、ルソンはその上に飢餓と疫病とも戦わねばならなかったという。

鬼頭は四国の旅に来て、不思議なことに、これまでだんだんと遠ざかって、風化し忘れかけようとしていた父母のことが思われてならなくなり、その距離が日に日に縮まってくるような気がするのであった。

(こうして自然の懐に抱かれていると自然にそうなるのだろうか)

西方浄土は十万億土の彼方、途方もない遠い所のはずが、今生身の人間のまま猛烈な速さで近づいているような気がしてならなかった。

この半年足らずの間に、自分も浦島太郎のように玉手箱を開けてしまい、あっという間に年を重ねてしまったような気がして、もういつ死んでもいい時にさしかかっているように思えてくるのだった。

ある夜のこと、母の懐に抱かれて乳房に手を当ててむしゃぶりついて乳を吸っている夢を見た。こんなに美味いものがあったのかとごくごく呑んでいるのは、赤ん坊ではなくて、今の鬼頭であった。乳に飽きてもなお抱かれていると、何とも言えない満ち足りた気持ちになり、また眠りにつくのだった。

歩くようになってからも泣くことはまず無く、雷にも驚かない児で、これは将来大物になるぞと期待を一身に集めたのに、今ではなれの果てにここまで流れて来てしまった。どこへ行くにも幼い妹の手をしっかり握りしめて引っ張っていった優しい兄も、甲斐性無しのためにその妹からも愛想尽かしされてしまった。

(俺の人生はいつからやり直しがきかなくなってしまったのだろうか)

しかし何故か、挫折続きの人生を嫌悪するよりも、今の自分が愛しく思えてならないのだった。

鬼頭は、なおも岬の上から飽きることなく穏やかな海を眺めていた。

(この海とこの岬は太古からあったとすれば、自分というものも生まれ変わり、死に変わりして太古から生きつづけてきたものなのだろうか)

この今の瞬間も、地球はものすごいスピードで自転しているというのだが……、その引力で海の水がこぼれないのだろうが、しかも音一つ立てずに太陽の周りを回っているということが信じられない気持ちになってきた。

死んでしまったら、やはりこの地球の引力圏に残るのだろうか、それとも地球から離れて宇宙のどこかへ飛散してしまうのだろうか。もしそうならば無重力となって、地上での憎しみや恨みも断ち切られて清々《すがすが》しく晴れやかだろうなと、夢想するのであった。

ワーッという喚声があがって一団の小学生たちが岬へ駆け上がってきた。ここで遠足の弁当を広げようというのであろう。

子供たちは、「おじさん」「おじさん」と口々に呼んで鬼頭を取り囲んでとりとめもないことを訊いてくるのだった。中には鬼頭の服に触ったり、ちょっと引っ張ってみる子もいた。

鬼頭はなぜか思わず目頭が熱くなり、涙があふれそうになってきた。その時、笛が吹かれて、子供たちは先生の方へ走っていったが、いつまでもこちらを振り向いては手を振ってくれた。

鬼頭は泣きはらしながら、手を振り振り岬を下りた。鳶《とんび》が一羽悠々と空を舞っていた。

遍路もいよいよ終わりに近づいたある日のこと、茶店に入って休んでいると、店の老婆

が鬼頭にあれこれ話しかけてから、

「あんたさんの笑顔はほんとうに美しいね」

と言われたときにはびっくりした。

お世辞で誰かまわず言うのか、何か勘違いしているのか、あるいはまた、こんな老婆でも冗談か皮肉のつもりなのか分からず鬼頭は当惑したが、

「思い切って四国へ参らせてもらってよかったです。ほんとにこのよさは、ちょっと照れ臭いですが、何かあたたかいものに包まれているようなこの有り難さは、部屋の中や机の上では解りませんね」

と答えながら茶を啜るのだった。


巡拝はすでに出発してから三十日を過ぎており、第八十八番の大窪寺へ着いたのは、四月七日のうららかな昼下りであった。

当初は、三月中に回り終える予定であったが、雨に降りこめられたり、気が進まず一カ寺も回らずに景色に見とれていた日もあったためでもあるが、もう一つの理由は、四国は山また山の大きな島であり、寺もなぜ深山のさらに山頂付近に建っているのか不思議に思える所も数々あったせいでもある。

ものの本によれば、昔は神も仏も一緒であったとか、道理で霊山はいずれも神々しい高い峰を有し、法螺貝を吹く白装束の信者の群に登山道で出逢うと気圧されるような思いがしたものであった。

鬼頭も登った木曽の御岳《おんたけ》、加賀の白山《はくさん》、越中の立山《たてやま》、吉野の大峰山《おおみねさん》、みんな神仏が一体となっていたように思う。

そして四国や瀬戸内の人たちにとって心のより所の霊山は、剣《つるぎ》と石鎚《いしづち》の山であることがおぼろげながら分かってきた。六十四番の前神寺《まえがみじ》から望んだ石鎚山に心を奪われたのは五日ほど前であった。

（そうだ、石鎚山に登ってみよう）

ようやく今、結願《けちがん》となったが、もともと仏教に疎く、信心もなく、八十八の寺の印象は、終わってみれば茫々としてとりとめもないものであった。まだやり残していることがあったのだ。今日自首して出るつもりが、（一日二日遅れるがそれは許してもらおう）と思うと、矢も楯もたまらなくなり、鬼頭は、再び西へ向かって飛ばすのだった。

石鎚山の神社は山麓のとある峰の上に在って、成就社《じょうじゅ》といい厳かな雰囲気に包まれていた。石鎚の峰は、夕暮れの逆光を背にして、その恐ろしげな絶壁を雲の上に現していた。

旅館は大きなのが三軒あり、いずれも鳥居から入った中にあって、ここも神域であることを示し、山腹の冷気とともに身の引き締まる思いがするのだった。

鬼頭は、遥拝殿のすぐ前にある石鎚屋に宿を乞うたが、これがこの世の最後の夜になろうとは知る由もなかった。

本来ならば今頃、高山への道を急いでいるはずなのに、一日延ばして、石鎚山麓標高一四〇〇メートルの成就社境内の只中に居ることが、自分で決めたことなのに不思議にさえ思えるのだった。

自首するなら、高山と心に決めていたのに今ではこの地でこの首を差し出したいと思うように変わってきていた。

岬で飽かずに海を眺めて、地球の自転と公転に思いを馳せた時、そして突然目の前に子供たちがわっと駆け寄ってきて声をかけてくれて胸が熱くなり、わけもわからず誰憚ることなく泣きはらして岬を下りたあの時以来、鬼頭の心は澄み切っていた。

この時の鬼頭の様子は、前日床屋へ行ったばかりで首筋もさっぱりとし、体つきはがっしりとした中肉中背、背筋も伸びて今時珍しかった。大きめの眼は、白眼が澄んではいるが、悲しみをたたえているのが察せられた。口元が締まって真面目な印象を与えたが、首だけが俯き加減で、声がか細く張りがなかった。

スキーシーズンも終わった季節外れのこの時期に、本格的な登山姿でもないことで、普通の若者ではないことはそれとなく感じられた。

ふっくらとした感じの六十年輩のお上さんと、若い男が出迎えてくれて、男の案内で二階の広い部屋へ案内された。

障子を開けると、正面に成就社の本殿、左手が遥拝殿であった。

大阪まで

一月三十一日、県警から一人の刑事がN郵政局を訪ねてきて打ち合わせが行われた。郵政側は総括部の課長と係長が対応した。通り一ぺんの挨拶のあと、

「事件発生後四十日以上経ちますが、正直言ってまだ容疑者は絞り切れない状況です。現場近くやその周辺で鋭意聞き込みをやっていますが、これといった材料は出てきません。それで今日伺いましたのは、昨日、犯人と名乗る者から、匿名で、この犯行声明が送られてきたのです。これです」

と刑事は、B4の用紙一枚にワープロで打たれた「声明」と題するものを示した。この内容を見た郵政側は青くなって言葉もなかった。封筒には、高山東警察署宛となっており、一月二十八日の消印だった。

「この差出人と同じ奴か確証はないですが、正月過ぎに署へ電話で、犯人と名乗った上で、現場に大きな模造紙に書いた犯行声明がなかったかと問い合わせがあり、そのうちに切られてしまったのです」

この時刑事は、机上の犯行声明文に同封されていた『近日中には身辺を整理した上で、

遠からずそちらまで出向いて自首します』との文面はわざと提示せず一言も触れなかった。

「先程からのお話ですと、どういうことなんでしょうか。たしかに殺されたのは郵政職員ですが、殺した方も、ということですか」

「そういうわけではありません。しかし、この犯行声明に関して言えば、郵政事業のあり方やキャリア官僚に不満や恨みをもっている者の書き方でして、こちらでは数ある職員の中にはそういう傾向の者もあるいはいるのではないかと。もちろんこの犯行声明にしても、悪質ないたずらで、面白半分に捜査を攪乱しようとしていることも考えられます。

それにしても、先般の人事で、第一発見者の谷田課長と柳瀬君が、事もあろうに静岡や三重のような県外の遠隔地に、事件のほとぼりも冷めないうちに転勤したというのは、県警からすれば理解に苦しみます。いずれホシが挙がったら黒白をつけさせてもらいます」

と睨みつけて言ったので、郵政側はたじろがざるを得なかった。

刑事は、少し慰めるように、

「そうは言っても、電話や、中には葉書なんかで何十件も情報がありましたが、いずれもがせねたばかりで、かえって骨折り損のくたびれもうけというやつですよ。あれが怪しいとかという噂や悪口がほとんどで、中には女を名指しで見るに耐えないことを、下手な字で書きなぐった手紙なんかもあって往生しますよ」

「先ほどの話ですが、郵政職員といっても三十万人もいまして、この管内は四県で三万だけですから、そのへんはどんなものでしょうか。それに若園さんは本省の採用で、大学も東京、前任地はK県の郵便局の課長という、いわば全国区ですからね」

「ごもっともです。そのへんは、過激派なんかの情報も含めて警視庁や関係の県警とも連絡をとり合ってやっています。ですから今日の頼みは、こちらの管内の問題職員のみで結構です」

「そうですか、実は私共でも、いつそういったお申し出があるかもしれないというので、ブラックリストを作成してあります。とりあえずこの十二人ですが、引き続き、私共独自の調査網を使って、他にも問題職員がいないか絞りこんでいくつもりです。この声明文はコピーさせていただいてもいいでしょうか」

郵政側は、コピーと引き換えにその場で十二人のリストを提供したが、「鬼頭健」の名前は、事前に冨江総括部長の差し金でそこにはなかったのである。いわば当たりくじの入っていないいくじみたいなもので、かすの資料をつかまされて刑事は帰って行った。

この後、犯行声明のコピーを手にした冨江は鈍器で殴られた思いがしたが、これはぐずぐずしてはおれないと俄かに頭が回転を始めた。

そしてこれが三度目となったが、谷田と柳瀬に口外無用の念押しの電話を入れるのだった。

二月に入って間もないある日の夕方、冨江は電車で岐阜に向かった。

岐阜は岐阜でも県警ではなくて、少し方角が違っていた。岐阜県下三百を数える小局で構成する岐阜一善会で一番の親玉、杉山という六十八の老人に会うためである。杉山とは長年の付き合いであるが、これまでは特別な予算の配分など一方的に杉山の方に借りがあった。

タクシーは、長良川を渡ってから水月という料亭風のステーキハウスの前に止まった。ここは川のほとりで、川を隔てて目の前に岐阜城の稲葉山が望める所で、夏場には居ながらにして鵜飼が楽しめるのである。

杉山老人が庭先まで出迎えに出ていて、ここで二人は大げさな握手を交わすのだった。

広い庭を横切って茶室のような造りの庵へ案内されたが、ここなら話が洩れ聞こえることはない、冨江の胴間声《どうまごえ》でも大丈夫と杉山が選んだのだった。

杉山は六十八という年齢よりもずっと老けて見え、痩せぎすの猿顔に猫背で、その老獪な手腕には定評があった。

小局の仕事などは誰でも出来るのだが、仕事以外の選挙活動や地元対策、さらには数ある小局を束ねていくいわば寝技師の実力によってそのランク付けがされるのである。

二人はシャンパンで乾杯のあとビールをぐいぐいあおってからステーキにとりかかった。上客には妖艶な女将がその場で手ずから、松阪肉の最高の部位のところを焼いて、銘々に取り分けてくれるのである。

冨江は肉には目がないが、老人の方もこの体でどこへ入っていくのかと思うほど食欲が旺盛であった。

ややあって、人払いした上で冨江は切り出した。

「前もって電話ではお話しできないことでしたので失礼しました。実は他でもない、高山東局の局長が殺された事件で、本当は犯行現場には、この犯行声明が残されていたんです。現物は畳一帖分余りある大きなもので、これはそれを写したものです」

と、そこへ広げて見せた。

杉山は、眼鏡をかけ直し、猫背を乗り出してきて、まるで猫が鼠を見つけたみたいに眼を光らせた。

「ひどい書き方でしょう。第一発見者の課長が、一一〇番する前に気をきかして伺いをたててきたので、事業防衛の見地から、警察には見せるな、葬式のときにそっと渡せと電話で指示したのは私です。証拠湮滅のことぐらい百も承知ですが、こんなものがマスコミに出たら面白おかしく囃したてられて、郵政事業のダメージは計り知れないものになるでしょう」

「ほう、こういうことになっとったんかね」

杉山はあからさまに不審の目を向けたが、冨江はかまわずに、

「問題は、犯人はどこのどいつかということです。

一月の末に県警から刑事が来て言うには、まだ目星がついてないということです。ただ捜査本部に二度、いたずらとも思えない犯人からの接触があったそうです。一度目は電話で、二度目はワープロで、今ここにある犯行声明と全く同じ文面ですから、こいつが真犯人に間違いありません」

老人は、ビールとステーキをあれほど腹に入れたのがうそのように、血の気が引いたような顔になり、この話に終わりまで付き合ったものか思案するようなふりだったが、冨江はお構いなくしゃべりつづけた。

「ところで、これはあくまでも私の勘ですが、これは部内の職員ではないかと睨んだのです。その場合、管内で起こった事件ですから、管内職員の要注意人物を洗ってみたわけです。ブラックリストをさらに絞っていって、最終的にこれだという奴が現れたのです」

「それでそのことは、警察に通報したのかね」

杉山は冨江を遮って尋ねた。

「いえ、言ってません。犯行声明をはじめから隠してしまった手前もあり、伏せてあります。話を戻しますと、なんと下手人は、M局の配達の鬼頭健という二十八の男です。何故この鬼頭に絞り込んだのか、そのわけをお話しします」

「…………」

「私の子分で元監査官のやり手の男がいるんですが、これに内々で鬼頭のことを探らせたのです。まず筆跡ですが、M局から上げてきた鬼頭直筆のものと、犯行声明と一致することが分かりました。

アリバイ関係ですが、犯行当日の十二月十五日の金曜日ですが、休暇になっています。三年前まで二年間、ということは、二十三歳から二十五歳まで、選考により、もちろん本人の希望もあったんでしょうが本省勤めをしています。ところが、キャリアとノンキャリアの余りの身分格差に出くわして、途端にやる気をなくしてしまい、結局挫折してまた原局に戻り配達をやっておるわけで、どうもキャリアとか、郵政当局に非常な恨みを抱いていると思われるわけです」

「なるほど、ふーん。個人やなしに体制に対するものやね」

「実は、この元監査官は、大家の了解のもとに合い鍵を借りてこいつの部屋に入って調べています。そしたら若い者に珍しく机の中に使い古しの筆と墨汁が出たというわけです。それから驚いたことには、歳に似合わず、おびただしい数の本があったのですが、その多くは、戦争もの、戦記もので占められているということです。監査官のメモから、憶えているものを言えば、例えば、『戦艦大和の最期』『凡将山本五十六』『日本軍閥興亡史』『帝国陸軍の最後』『きけわだつみの声』『これが沖縄戦だ』『東京大空襲写真集』、ヒットラーの『わが闘争』などなど、これらはほんの一部なんです。その他にも分厚い『昭和史の天皇』全三十巻や『第二次大戦ブックス』全五十巻が揃っていたといいます。いわゆるマニアというのか、何々オタクというんでしょうか。だから「国体護持」なんて言葉もすらすらと出てくるんです。

実は、奴の本棚の中に、新聞の切り抜きが何枚か無造作に重ねてあり、それが郵政事業関係のものばかりなんですが、その中に決定的と言えるものがあったんですよ」

「なんやな」

老人は、ずる賢そうな三白眼を光らせて、興味をそそられた様子であった。

「それがですね、若園局長が昨年六月に高山東局へ着任した時の、『時の人』のインタビューの囲み記事なんです。友人でも何でもない、ましてや一介の郵便配達にとって、なんにも関係ないはずなんです」

杉山は急に声が高くなるのを抑えきれないように、

「そうか。あれはわしも読んだが、生意気な、エリート意識丸出しで、何様なんだと思ったわな。T大出でも馬鹿はおるということや。

前任地の九州では美味い魚がふんだんに食えた。こちらではだめかと思っていたが、日本海まで意外に近いとわかってほっとしているとか、キャリアはとんとん拍子に出世して羨ましがられているが誤解も甚だしい。

日本や世界の将来を見据えながら、行政のオールラウンドプレーヤーとして期待されているのだから、ものすごくプレッシャーがかかっている、なあんて言っちゃって、挙げ句の果てが、ちっぽけな郵政という沼で泳いでいるだけの小魚ではないときたもんだ。

それから、お寺の息子ということから、庭が広い官舎が気に入っているとも言っとったな。

親から引き継いだ局を三十五年間、へたな市会議員や県会議員なんぞ屁とも思わぬまでに昇りつめた叩き上げの俺には、それ以来気になる目障りな若造じゃった。だから警察や遺族には悪いが犯人なんか挙がらんでもええんじゃわ」

冨江は内心の嬉しさを抑えながら、

「それからM局からの報告や大家に聞き合わせた結果では、鬼頭という男はカッとなることもしばしばで、お客とトラブルを起こした事例もあります。営業活動もやりたがらない問題職員で、偏屈で孤独な独り者ということです。これが写真です」

その写真では、口元が締まって意志が強そうで、目元が涼しい感じで首が太めの好青年と見てとれないこともなかった。

杉山は、

「わしも悪だが、冨江さん、あんたもやるねえ。しかし、こう言っちゃ何だが、今言われたことはみんな情況証拠というんじゃないかね。筆跡にしても筆とボールペンと比べてみて、どうなんだろう」

「それはまず問題ないそうです」

「そこでだ、さっきこの鬼頭のことはまだ警察に知らせてないと言われたが、有力容疑者としてつかませてやれば恩に着ると思うが、どうかね。いつまでもこんなことにかかずらっていては部長も多忙な身で大変だし、本来警察の縄張りのことなんだからねえ」

冨江はぐさりと痛いところを突かれて少し怯んだがここが正念場、持ち前の胴間声に変わってしゃべり出した。

「確かに犯行声明を持ち去って当方で処分してしまったことは問題ですが、これは一にも二にも事業のため、大所高所に立って政治的に決断したことです。

もしそのまま放っておいたら尾鰭がついてえらい騒ぎになっていたでしょう。犯人がそのかして煽っているのに呼応して、あっちでもこっちでもおっちょこちょいが出没して、いたずらも含めて社会不安が高まっていたことは容易に想像できます。

この不景気、リストラ、汚職騒ぎの中で、民営化是非の問題はずっとくすぶり続けています。とくに七月には、我々の大事な選挙が控えています。ちょっとしたつまらぬことがきっかけでぱっと燃えて手のつけようがなくなることだってあり得るのです。

鬼頭はキャリアにもだが、一善会にも挑戦しているのは見てのとおりです。

郵政から給料を貰っているのに、それを潰してしまえといって凶行に及んだというのは、昔なら主家殺しで磔《はりつけ》ですよ」

郵政事業のほかには、別にこれといった趣味はないのだが、テレビの時代劇に目がない冨江は、ここでその教養の一端を覗かせた。

「おっしゃるとおり、九十九パーセント黒であっても情況証拠ととれることもないではありません。こちらが直接取り調べることはできないわけですから、もどかしい限りです。

そこでです、これは紛れもないテロです。こんな犯罪人を出したのは、郵政の恥ですし、わけてもN郵政局の大恥です。口幅ったい言い方ですが、郵政局長に次いでナンバーツーの冨江の責任でもあります。ですから奴が捕まるにしろ、あるいは自首するにしろ犯人だけでなく、大郵政も晒し者になるわけです。何も私が恥をかきたくないとか、責任を免れたいとかそういうことではありませんので、そこはどうか分かって下さい。

一口で言えば、『この職員某は怪しい奴ですから、どうぞ調べて下さい』とはどうしても言い出しにくいのです。ましてや公判に入って、現場にあった犯行声明をめぐって、知らぬ、存ぜぬで通せるものなら通したいが、検事や弁護士や犯人の前で通るかどうか正直不安ですわな。

実は、M局から連絡があって、この鬼頭が急に退職願を出してきて、二月の第三週のうちにも退職することになったというのです。それでこのように事態が急展開してきたので、会長さんに是非とも相談に乗っていただきたいと思いまして……」

「わしに出来ることが何かあるんでしょうかな。犯罪などという荒けないことにはずっと無縁できたのでねえ」

「話が長くなって恐縮です。

それで話の続きですが、退職届が出たというので、例の元監査官を、またアパートの大家の所へやって探ったところ、近いうちに局をやめて、いずれこのアパートも引き払うと言っとったそうです。その後はどうも四国だか九州だかへ旅をするということも言っとったというんですよ。オートバイが好きらしいし、お手のものだからそれに乗って行くのかもしれん。ナンバーも控えてあります。

ここで奴の選択肢があります。

一つは、退職してすぐ自首して出る。

二つは、どうも四国が濃厚だが、何日間か旅してから自首する。

三つは、名古屋から逃げ出して、どこかへずらかってしまう。

四つは、鬼頭を警察に引き渡すやり方、これは私としては、郵政事業のためにもやりたくはない。

これらの選択肢の中で自首とありますが、実はある人脈を通して捜査本部を探ってみると、犯人は、自首をほのめかしているらしいのです。しかし、死ぬ、死ぬと言って死ぬ奴はいないそうで、自首も当てにはならんが、これは犯人次第というものの、我々としては歓迎できない気持ちです。

だってそうじゃないですか。悪うございましたと自首して出て、仮にもこれが死刑ではなくて、罪が減ぜられたら目も当てられないし、こっちとしても敗北感が残る。

そこでですね、ずらかられるのは許せない、この件に関してのみ言えば警察と同一歩調はとりにくい、自首なんていう、犯人にキャスティングボートを渡したくない、ということで……」

　ここで冨江はぐっと声を低くして、杉山の目を見据えてから切り出したのであった。

「それでですね、この男を、会長さんのお顔で、口の堅い然るべき人を通じて、その、何です……ちゃんと仕事ができる所に依頼してですね、この際愛する事業の仇として、断固相応の何というか、ペナルティーを課する線でなんとか方向を探ってはいただけないだろうかと、実は、ま、そういうことなんです」

「つまりその鬼頭某を、さる謎の力を借りて、表に出ないようになんとかしてほしい、とこういうことですか」

「ま、早い話がそういうことです」

「司法には任せたくないと、そういうことやね。しかしあんたも恐ろしいことを考えなさるねえ」

「それもこれも事業のためです」

「分かっとる。分かっとる。お互いに、何年来、いろいろと危い橋を渡ってきておる。今回も部長の私利私欲はおろか、私怨も何もない。言われるように、事業を守り抜くためじゃ。他ならぬ冨江さんの相談やから、ノーとは言えんわのう。

ただわしは、いやじゃというわけではないが、こういうことはやりつけないし、県内でそっちの方に顔のきく者は居らんのです。それで今ふっと浮かんだんだが、大阪の男で、わしと大学時代からの悪の連れで心安いのが居るんですわ。電話でというわけにもいかんので、近いうちに大阪まで出向いて話をつけてくることにするから、それまでちょっと時間を貸してもらえんだろうか。それからと、鬼頭某のことは、郵政局長の耳に入れてあるかな。……なるほど入れてないと、分かった。部長の一存ですな、結構です。

さあ、それでは柳ヶ瀬へ繰り出すとしようか。いい娘がいますよ」

やはり二人とも煮ても焼いても食えぬ大狸であった。

それからほどなくして、冨江の総括部長室に杉山から電話が入った。

「もしもし、こっちはどえらい雪やが名古屋はどうやね。ほかでもないがこの前の水月での話やけど、あのあと大阪の友人と会ってよう頼んどいたでね」

「どうもすみませんねえ。わざわざ大阪まで行ってもらったんですか」

「そりゃそうです。部長とわしの仲やないですか。何でもあらへんことやて。そこでですね、一つだけ、条件といってはなんやけどこういうことにしてほしいんやけど、いいですか。早い方がいいんですが、一度部長自身が大阪まで出向いてもらって、向こう様に挨拶だけしてほしいと、こういうことなんやけどいいですね。何にも心配することはあらへんと言うてました。それで話は早い方がいい。

向こうさんは三月三日の土曜日、まだ二週間以上先やけどこの日が空いているということですが、どうですか。今ここで返事をもらいたいんですが、部長の都合はいかがですか。場所は大阪のオクシデンタルホテルで、時間は、十時三十分、新大阪からタクシーがいいでしょう。アザレア通商と言うらしいが、その日、フロントで聞けば分かるということやった。アザレアとだけ覚えといてください。

それから私の大阪の友人のことですが、部長は何も詮索しないで下さい。その方がお互いに好都合というものです」

冨江は杉山から一方的にたたみ掛けられて、言葉に詰まったが、こうなったら良いも悪いもない、どうせ乗りかかった船だと肚を決めて電話は終わった。

窓の外はボタン雪が降りしきっていた。

冨江は降りつのる雪を見ながら、大阪の友人というのが本当に介在しているのだろうかとも思ってみたが、今はそんなことはどうでもいいことだった。

いくら国のため、事業のため、職員とその家族たちを合わせれば全国百万人のためとはいいながら、こともあろうに、ナンバーツーのこの俺が、見知らぬ魔境に出向くはめになってしまったことは、考えても空恐ろしいことではないかと思わざるを得なかった。

ここで始めから話がなかったことにして詫びを入れることも、冨江は考えたが、第一に杉山に対しても臆病を笑われるのが落ちだし、あちらさんに対しても礼を失することになろう。

（ああいうところは非常に面子や義理を重んずると聞いている。俺もあと一年で公務員生活ともおさらばだ。あとは楽で実入りのいい椅子が待っているはず、ここは頭をすぱっと切り替えて、見知らぬ世界へ少しぐらい足を踏み入れるということは、実に貴重な経験で、俺の貫禄にも一段と磨きがかかるというものだ）

とにかくその御仁に会った上で向うの出方を探り、こっちは乗るか退くかその場で肚を決めればいいのだと結論づけると、冨江は急に気持ちが楽になり、明日あたりあの子分の元監査官に一杯飲ませて労をねぎらってやろうと、さっそく電話を入れるのだった。

三月三日の土曜日の朝、冨江は新幹線で大阪へ向かった。

そのホテルは市の中心部にあって、いかにも格調高く堂々たるもので、思わずど肝を抜かれた。

フロントで尋ねた上で、三十三階でエレベーターを降りるが早いか、さっと屈強の若者が二人現れて、

「名古屋の冨江様ですか。お待ち申し上げておりました。ご案内します」

ときびきびした態度で先導し、とある部屋のドアをノックした。

そこは五、六十畳分もあろうかという豪華な部屋で、中央のソファにどっかりと腰を下ろしていた紳士がやおら立ち上がり、

「これはどうも遠路はるばると恐れ入ります。黒田でございます。どうぞよろしくお願いいたします」

とにっこりと笑いながら出された名刺には、

　アザレア通商株式会社
　代表取締役　黒田淳二

とあった。見れば濃紺のスーツを見事に着こなし、ネクタイは鮮かなとき色であった。中背でやや太り肉《じし》、頭が人一倍大きく、それを支える首や肩も従って太く、広かった。鼻筋の通った、日焼けした顔立ちはハンサムそのものであったし、その上、非常に知的な印象をかもし出しているのだった。年格好は四十になったか、ならないかというところであった。

冨江の名刺を大げさに押し頂いて、再び来訪の労をねぎらってから、

「私共はビジネスの関係で、国会や地方議会の先生方とは、もっとも一部の方々ではあり

ますが懇意にして頂いておりますが、官界のお方とはまだまだでして、これを御縁にどうかよろしくお願いします」

と切り出して、相手をぎょろりと見据えて、あたかも値踏みするような構えであった。冨江はさっきから胸の動悸が収まらず、ただ頭を下げるのみで早くも勝負あったという感じとなってきた。

「このたびは大変勝手なことをお願いいたしまして、どうも……」

と早く本題に入って、今日の義理だけ済まして切り上げたい一心で言葉を返すと、

「そのことについては、聞いております。経緯はよくは知りませんが、今日ここで部長さんにお尋ねする気はさらさらありません。わざわざ名古屋から、大物の方がここまでお運びいただいた、そのことだけで黒田は満足です」

と言って堂に入ったスタイルで煙草に火を付けるのだった。

程なくウェイトレスが紅茶の壺をうやうやしく運んで来て、あくまでも優雅にカップに注ぐのだったが、それはもうハッと目を見張るほどの美人だった。

冨江は香りも高い紅茶を啜りながら、やっと人心地ついたものの、まだあがってしまっていて、何を話していいものか分からず、まるで田舎から出てきた小父さんといったところであった。

黒田はそうした冨江に一瞥を加えて、気さくに世間話から始めたが、そのうちに自ら取り仕切っている金融や不動産業界のエピソードやその裏面を弁舌も巧みに話し出すと、もはやさながら黒田の一人舞台となっていた。

冨江は、もうこうなったらまな板の鯉と気を取り直して、もうどうにでもなれ、と肚を括るのであった。


「ところで郵政さんも二〇〇三年でしたか、公社化されますそうで、これからいろいろと大変ですね。

その先は民営化になるのかどうか、難しいことはよう分かりませんが、いっそのこと発想を転換させて、それこそ山奥の人家の少ない所は、何か別の方策を立てるなりして身軽になり、民営化でJRみたいにビジネスチャンスを拡大するというのは、考えただけでも夢がありますよ。

今日は冨江部長のような、本当の実力者とお近付きになれてまっこと嬉しいです。というのも、キャリア官僚たち、法曹界も含めての話ですが、彼らは頭はええかも知らんけど、机上の学問だけの人間ですな。今では若い人の二人に一人は大学出やというのに、同じ学歴でありながらごっつい差があるそうやないですか。

日本はこれまでようあんな特権階級をのさばらせてきたものです。それだけ国民が、阿呆とは言わんがおとなしくて人が好いわけです」

冨江はもうそろそろと気が気でなく、

「ところで、例の件でお礼はどのようにさせていただいたら……」

と恐る恐る見上げて尋ねると、黒田は、

「滅相もありません。今、その話は抜きです」

とたちまち睨みつけるような厳しい顔に変わったので、冨江は思わずびびってしまった。

「今日はこれからのビジネスチャンスへ向けて、お近づきが叶えられたということだけで感謝しています。

お昼を御一緒できるといいのですが、このあと重要な会議を控えていますので、申し訳ありませんが失礼させていただきます」

冨江は挨拶もそこそこに用意された外車に乗せられ、新大阪の駅頭では、ずっしりと重い土産まで手渡されたのだった。

車中で、黒田が言ったことを反芻してみると、いずれ郵政は民営化になると踏んでいて、将来を見越して俺のような生え抜きの実力者と近づきになって、ビジネスチャンスをものにしようとしていることが見てとれた。

今度の依頼の件で金は取らないということが腑におちなかったが、その方がこっちも証拠が残らず都合がいい。しかし高価そうな土産も貰ってきたことだし、ある程度のものは、送りつけとかねばならないだろうと思うのだった。

(虎穴に入らずんば虎子を得ずか、それにしても貫禄のある御仁だったな。相撲の番付なら小結か関脇というところだろうな。しかし待てよ、あの男の科白はお尋ね者の鬼頭の犯行声明とよく似ているではないか。民営化の流れとか、キャリアへの呪いにも似たようなものなど全くそっくりというのは奇妙な話だ。

郵政を挙げて、汚物か鬼畜のように忌み嫌う民営化が、もしも自然の流れであるならば、国営堅持総元締めの自分の立場はピエロみたいなものではないのか。

瓢簞から駒で、もし本当に民営化になった暁に、黒田が乗り込んできて、あの時の話をしたいと言ってきたらどうするのか。今日、俺は、恩ある郵政を売る巨額の手形を振り出してしまったのだ)

そこまで考えが及ぶと、思わず目の前が真っ暗になってきた。

成就社（一）

広い部屋に通された鬼頭は、窓の真向かいの荘厳な成就社の拝殿をまのあたりにして、白州《しらす》の前に引き立てられた思いがした。

薄暮の境内は人影もなく、鳥もねぐらへ帰ったのか動くものとてなく、物音一つしない静かさだった。

鬼頭はすることもなく、座ぶとんの上に正座して次第に暮れていく成就社のたたずまいを引き込まれるように眺めていた。

ややあって後ろの障子を開けて声がかかり、風呂と夕食の案内を先程の若い男が言いに来てくれたのだった。

「明日お山へ登られるのですか。頂上付近はまだ雪がありますし、今は人が少ないですから、気をつけて下さいよ。お山開きは七月一日、二日、三日と決まっていますが、それはもう石鎚山の講の信者さんたちで何万人という人出なんですよ。こちらの部屋でも十人以上詰めていただくことになるんです。

登山道は信者さんたちの白衣でまっ白になり、法螺貝の音がブォー、ブォーと鳴り響く有様はそれは荘厳なものですよ。ただ、信者さんでない普通の登山客の方はちょっと気おされる感じがするといいます。

山伏や修験者は、本物の方は少なくなりましたが、何かこう目付きが鋭いですからね。それと、山開きの三日間は今でも女人禁制となっています。でもお山への登山道は、成就社コース以外にも開けてきましたので、一概には言えなくなりました」

頑強な体つきの若者は屈託なさそうに話すのだった。

「なんですか、すごい鎖場があるそうですね。大丈夫でしょうか」

「そうですよ、鎖場はいくつあるのか御存知ですか。四つもあるんですよ」

「えっ、四カ所もですか。そこを通らないと頂上へは行けないんですか」

「行者さんたちは必ず鎖場ということになっています。七十、八十の老人でも、行者の意地にかけても迂回路は使いません。そう、迂回路がありますから、初めての方は無理なさらない方がいいです。と言いますのは、鎖場といっても、どれも、六十度以上の角度をもった岩場で、しかもですよ、ほとんどすべすべに近い岩なんですよ。

行者さんたちも意地だけでは鎖場は務まりません。もし何か事故にでもあったら、信心が足らん、修行が足らんと言われるに決まっていますから、毎年の登山は真剣勝負です。それにその岩場ですが、何メートルぐらいあると思いますか」

「そうですね、当てずっぽうですが、十メートル前後ですかね」

「正解は、最長六十三メートル、短いもので十八メートルです」

「えっ、そんなにあるんですか。それでよく事故が起きないことですね」

「それは一つにはやはり信心の力、そしていま一つは、講の方がグループで登られますので、ちょうど串団子のように支え合って、励まし合って鎖を手繰られるので事無きを得ていると言われています」

「前社森《ぜんしゃもり》といって、成就社から一時間ほどの所ですが、そこを過ぎるとすぐに試し鎖があります。ここが一番短い十八メートルの鎖場です。でも今回お一人ですし、この季節で登山の人も少ないので、決して無理されないよう、若いんですから、ここがお気に入ればまた何度でも来れるんですから」

「やはり現地に来て、実際に話を聞いてみないと分からないものですね。ご親切にありがとうございました。

ところで、あなたはさっきのお上さんの息子さんですか」

「いえ、甥に当たります。この石鎚山系には、私ら白河一族の経営になる旅館や山小屋が幾つかあるんですよ。元々は今お話しした信者さんたちのための宿で、何百年もの歴史があります。

叔母は今では一族の中心的存在、というよりも石鎚信徒約五十万のお世話役というか、信望を集めている人なんです。ちょっと余計なことを言ってしまいましたが、もし毎年来ていただくようになれば自然とわかってもらえると思いますよ。

さ、それでは、風呂に入ってもらって、その後すぐ夕食にしますので」

と若者は障子を閉めて出て行ったが、今では絶滅した四国の熊、弘法大師が修行中にざらに行き逢ったであろう大熊を彷彿とさせるものがあった。

夕食は山小屋風の質素なものであったが、清潔でいかにも心のこもったものであった。この日の客は、鬼頭の他には三人の若者のグループだけで、その三人も席を立って鬼頭一人になった。そこは大きな食事部屋になっていて、七月の最盛期には百人を越す人でいっぱいになるだろうと思われる。

壁には色紙や寄せ書きがたくさん貼ってあり、その中には鬼頭が知っている有名人の名前もいくつかあった。また一角には、石鎚の歴史や信仰、写真集などの本が置かれているのだった。

食事も終わろうとして、それらの本の背表紙を目で追っていると、不意に声をかけられた。

ここの女主人であった。

「もうお済みですか。今日はよく来て下さいました。それで明日はお山へ登られるんですか」

「ええ、是非そうしたいと思います。夕暮れに見えたのですが、神々しい山ですね。上の方にはまだ雪が残っているとか、さっき男の方がいろいろ教えてくれました」

「そうでしたか。あの、四国は初めてでしょうか」

「はい、初めてまいりました。二月に仕事を辞めて、三月の初め、思い立って四国八十八カ寺巡りを始めたのです。オートバイで一カ月かかって今日の昼過ぎ八十八番で結願とさせていただきました。

実は、そのあとすぐ東へ向けて帰るつもりが、どうしても石鎚山に登ってみたいという気持ちが起きてきて、ほんとうに不思議なことですが、方向を西に変えて高速道路を突っ走ってきたわけなんです」

「そうですか。それでこのお山のことはよくご存知で……」

「いいえ、西国の霊山の一つであることぐらいしか知りませんでした。以前に木曽の御岳山や大峰山などに登ったこともありますので引かれたのかもしれません。それと六十番の横峰寺《よこみねじ》、六十四番の前神寺《まえかみじ》とお山に関係のあるお寺を回ってきたので、四国の見納めと言うと何ですが、是非にと思ってここまで来たわけなんです」
女主人はふっくらとした色白で、髪には白いものが混じり、年恰好は六十を越している
だろうと思われたが、背筋がぴんと伸びて、若い時はさぞかしと想像できた。
その作務衣《さむえ》姿は、当初宿屋のお上さんに似合いの普段着ぐらいに思って気にもとめなか
ったが、今は気高い着物のように見えてくるのが妙であった。その切れ長の眼は優しいよ
うで厳しい感じを与え、その声は凛として張りがあって普通の女の人ではないことが見て
とれた。
先程甥に当たるという若者が話してくれたことが下地になっているのかもしれないが、
鬼頭は金縛りにあったような気持ちになった。
「あのう、もしお差し支えがなければ、ちょっとお伺いしてお尋ねしたいことがあるので
すが、よろしいでしょうか。そうですか。それでは、ここでは何ですから、あとで帳場の
応接の方へいらして下さい。お願いします」
丁重な物言いではあるが、聞く方にとってそれは命令で、従わざるを得ない気持ち、そ
れも仕方なしにというのではなく、喜んで言うことを聞きたいという気分にさせられるの
であった。
これが本当の権威であり、カリスマ性というものであろうか。

鬼頭は身なりを調え直して緊張しながらも、なぜか嬉しくて晴れやかな気持ちになり帳場をたずねるのだった。

女主人はソファーにもたれて待ってくれていた。ストーブの燃える音がかすかに聞こえるほかは静寂で、境内は濃霧に包まれていた。主は柔和な表情を崩さず、上品で洗練された御手前で茶を勧めるのだった。

「どうも大変恐縮ですが、どうしても伺いたいことがありまして、失礼とは存じますがお願いしたわけです。しばらく時間の方はよろしいでしょうか。

実は、あなたが夕方お越しになり、その姿を見ておりますと、何かとても大きな悩みをかかえておられるようにお見受けしたわけです。その悩みは人には言えないまがまがしいことであるのかもしれません。

悩みと一口に言っても、他人から見れば取るに足らないこととか、時が経てば消えてしまうようなものが多いのですが、どうもあなたの場合はもしかして深刻なものかもしれない。と言っても宿屋の主人が旅の方をいちいち秤にかけて占うのが習いというのではないんですよ。

大変失礼ながら、あなたを見ていると見て見ぬふりができない、放っておくことができないという気持ちにかられるのです。

　はっきり申して、お顔に死相が表れている、あるいは誰か人の死を背負ってここに居られるようにお見受けするのです。どうか間違っていたらお許し下さい。

　あなたは死に場所を求めて四国へお出でになったと、こう私の目には映るのです。本当は今日海を一ヵ月ぶりに渡って東の方へ帰るはずが、何故か運命に引っ張られるみたいに西へ向かって今石鎚の成就社に居られる。

　もしよろしければここでお話しいただけませんか」

　鬼頭はすでに心を決めていた。差し支えがあろうはずがない。自分のことはとっくに見透かされているのだから、包み隠さずこの人に話して、あとのことは今日初めて逢った人だけれどどこの人に委ねて甘えたいという思いがふつふつとわいてきて、どっと涙が溢れてくるのだった。


「私は人を殺しました。昨年の十二月十五日です。殺したのは、高山東局の郵便局長で若園法賢という二十九の人です。

　私は宿帳に書いたとおり、鬼頭健と申します。歳は二十八です。二月までM局の郵便配達をしておりました。

何故人を殺したのか、どのようにやったのか、なぜいまだに逃げているのか包み隠さず申します。聞いて下さいますでしょうか」

女主人は黙って頷《うなず》いた。その眼にはすでに憐れみの色が浮かんでいた。

「私は高校を出てから郵便配達になりました。別にその仕事が好きとかではなくて、私なりの計画があったわけです。というのは、夜間の大学にすぐ入ったのですが、勉強して司法試験を目指したのです。そのためには、勤務時間が一定していて安気そうな配達がいいんではないかと思ったわけです。

父は私が中学生の時に癌で亡くなりました。四十二でした。

母もあとを追うように三年後に亡くなり、三つ違いの妹と二人きりになってしまいました。親が残してくれたささやかな貯金を頼りに、淋しい二人だけの生活が始まりました。私が郵便局に入った年に妹は高校に入りました。

昼間は配達の仕事、夜は大学、そしてその合間に炊事、洗濯など家事をするのですが、妹もよくがんばったと思います。それは辛くても淋しくても兄を信頼していたからだと思いますが、何年か後にこのたった一人の妹からも縁を切られてしまうことになろうとは思ってもみませんでした。

さて、夜間の大学はやっとのことで卒業したものの目指す試験はそう生易しいものではないことが分かってきて、長期戦の構えとなりました。仕事の方は慣れてくれば誰でもやれることなので呑気といえば呑気なのですが、それだけではいかん、営業をやれと厳しく言われるようになり、ノルマが与えられるようになってきました。配達の時にお客に声をかけて、切手やはがきを売ってこいというわけです。これは意外でした。民間の真似みたいなことをするんだったら国営の意味がないと思うのですが、上の方では、人海戦術で少しでも稼いで赤字を少なくしてあくまでも国営を守り抜くのだということでした。

何を考えているんだろうと阿呆らしくなってきた頃、郵政本省への転勤希望者の募集がありました。丁度その頃妹も高校を卒業して就職できたのと、飛躍のチャンスを摑んでみたい野心もあり東京へ向かったのです。

この時妹が喜んでくれて、貰い始めた給料の中から餞別を呉れたことは忘れることができません。

憧れの霞ヶ関の本省へ胸をふくらませて入ったのは六月の蒸し暑い日でした。この時不吉なことがありました。

数日前から奥歯が疼いてきて、着任の時は頬をパンパンに腫らしておりました。その時抜いたあとは今も大穴が開いたままになっています。

落ち着いた所は、麻布の六本木に近いところで、少し歩けば青山墓地や乃木神社なんて

恐縮ですが
切手を貼っ
てお出しく
ださい

112-0004

東京都文京区
後楽2−23−12
(株) 文芸社
ご愛読者カード係行

書　名			
お買上 書店名	都道府県　　市区郡　　書店		
ふりがな お名前		明治 大正 昭和　年生　歳	
ふりがな ご住所	□□□-□□□□	性別 男・女	
お電話 番　号	(ブックサービスの際、必要)	ご職業	

お買い求めの動機
1. 書店店頭で見て　2. 小社の目録を見て　3. 人にすすめられて
4. 新聞広告、雑誌記事、書評を見て(新聞、雑誌名　　　　)

上の質問に1.と答えられた方の直接的な動機
1. タイトルにひかれた　2. 著者　3. 目次　4. カバーデザイン　5. 帯　6. その他

ご講読新聞　　新聞	ご講読雑誌

文芸社の本をお買い求めいただきありがとうございます。
この愛読者カードは今後の小社出版の企画およびイベント等の資料として役立たせていただきます。

本書についてのご意見、ご感想をお聞かせ下さい。 ① 内容について
② カバー、タイトル、編集について
今後、出版する上でとりあげてほしいテーマを挙げて下さい。
最近読んでおもしろかった本をお聞かせ下さい。
お客様の研究成果やお考えを出版してみたいというお気持ちはありますか。 ある　　ない　　内容・テーマ（　　　　　）
「ある」場合、小社の担当者から出版のご案内が必要ですか。 希望する　　希望しない

ご協力ありがとうございました。

〈ブックサービスのご案内〉

小社では、書籍の直接販売を料金着払いの宅急便サービスにて承っております。ご購入希望がございましたら下の欄に書名と冊数をお書きの上ご返送下さい。（送料１回380円）

ご注文書名	冊数	ご注文書名	冊数
	冊		冊
	冊		冊

のもありました。清風寮という名の独身寮に入り、何年ぶりかで炊事から解放された喜びも束の間、大変な試練が待ち受けていたのです。

ここの住人は四十人ほども居たでしょうか、皆年恰好は同じなのに、はっきりと二種類に分けられているのが分かってきたのです。つまりT大出などのエリート組とそれ以外の者というわけです。

驚いたことにキャリアの人たちは、朝の出勤時間になっても出勤する気配がない。それどころか前夜からのマージャンがまだ続いているとみえてジャラジャラと牌を混ぜる音がするといったあんばいです。

食堂などで顔を合せてもろくに挨拶が返ってこないのでこっちもむかつき、そのうちに挨拶なんてやめるようになりました。

考えてみれば身分が違うわけで、そこに共通の話題などありようがないのです。

インドのカーストというのはひどいものだそうですが、なにインドだけではないと肌で感じとったものです。

聞けば寮生の半分のゴロゴロしているこの若者たちは、近く国費留学するために待機中であるとか、留学から戻ったばかりでまだ出勤に及ばずとか、いろいろ理由付けはあるようなんですが、早い話が遊び人の群といった感じでした。

これはとんでもない所へ来てしまったと悔やみましたが、もう後戻りもできません。妹の淋しい笑顔を思い浮かべて、とにかく頑張ってみようと気を取り直したものでした。このエリートの卵の中で、どういうわけか気安く話しかけてくれる小柄な男がいて、彼らの正体の断片を窺い知ることができました。

ある時のこと、なぜあんた達は省の職員でありながら出勤もしたりしなかったりで遊んでいられるのか、と尋ねたところ、こんな答えが返ってきたものです。

将来大物になるためには、若いうちに傲岸不遜に徹してみよと、省のトップクラスの先輩達から伝授されていると言うんですね。これに徹すれば、自然と度胸もつくし、物怖じしない自信が備わってくるというのですから、挨拶しても返ってこないと怒る方が無理というものです。

五カ条の御誓文ということも聞きました。そのうちで憶えているのは、一芸にあらず六《りく》芸《げい》に秀いでよとか、つまらぬ女に手を出すな、安い飯を食うな、といったものでしたが、これらもあくまでハイブラウ向けの教訓であって、私ごときには何も関係ないことなんです。

この小柄な若者も贅沢なコンプレックスをかかえていました。というのは彼は地方の大学の出身であるため、余程の運に恵まれなければ将来本省の次官や局長は無理だというのです。

謙遜は高慢の裏返しとか、私の方からこの男には近付かなくなってしまいました。

とにかく最初から夢は無惨にも打ち砕かれてしまいました。これで仕事に打ち込めればよかったのですが、生意気な話ですが一向に興味もわかず身が入りませんでした。それにつけても不思議に思えてならないことがありました。

何百人ものノンキャリアの人達が、皆が皆にこやかに、礼儀正しく、仕事が好きで好きでたまらないといったように、夜も更けるまで仕事というものに打ち込んでいるということでした。

そして掟かタブーでもあるかのように、キャリアたちを決して羨しがったり、間違っても陰口一つ言わず、身分相応に徹していることは驚くべきことでした。

もうとっくに希望も失せて無気力に日を送っているうちに、周りからも相手にされないようになってしまいました。いわば拗《す》ね者ですね。どうも私には、キリストが言ったという、世間の人が賞めてくれても嬉しくもない、後ろ指をさされてもへっちゃらという嫌味なところが確かにあります。

こんなことで二年が過ぎて、結局は元のM局の配達の仕事に舞い戻ってきたわけです。

このことが元でたった一人の肉親の妹から絶縁されることになったのです。妹の失望の気持ちは痛いほど分かります。本省勤務を我慢できずに棒に振った上、また配達の仕事に出戻ってきて愛想が尽きたということでしょう。

今でも妹の仕打ちを恨みになど少しも思ってはおりません。それになにしろ郵便配達という仕事には一部に偏見がありますから。ましてや人殺しという大罪を犯してしまったのですから、あの時縁切りになってしまったのが今ではせめてもの慰めです。

あのう、私だけが一方的にお話ししていてもいいんでしょうか。もっとお時間をとって頂けますでしょうか」

鬼頭は改めて女主人の顔を見つめ直したが、その顔は能の若い女の面《おもて》を思わせ、優しさの中にも凛とした神々しさを漂わせており、この人はやはり普通の人ではないと思い知らされた。

「どうぞそのまま続けて下さい。心の中のわだかまりを全部話してみて下さい。きっと気持ちが楽になりますよ」

「ありがとうございます。どうか聞いてやってください。お願いいたします。話が大分長くなりそうですが、決して言い訳するつもりも、言い逃れするつもりもありません。

明日、石鎚のお山に登ったあと自首して出ます。逃げも隠れもいたしません。嘘でないことはお見透しのことと思います。

こうしてあなた様に話をお聴きいただいていると、うっとりとした楽な気分になってくるのが不思議でなりません。眠くもないし、疲れもしません。こんなことは初めてです」

「………」

「私にはこれといった趣味はないのですが、ずっと研究を続けていることがあります。それは、戦史です。特に太平洋戦争のところです。別に必要に迫られたわけでもないのに首を突っこむことになったのは、まだついこの間のことであり、それは紛れもない事実であり、他国も含めれば何千万もの人命が失なわれたという異常さについて調べてみなければ気がすまなくなってきたのです。でも世間ではそんなことは知ろうともしないし、話題にでもしようものなら、変わっていると用心されるのが落ちでしょう。

もっとも歳からいって戦争の体験などあるわけがなく、もっぱら活字と写真でなぞるだけのものですが、体験がなければ首を突っ込む資格がないというものではないはずです。また戦史というと軍国主義にすぐ結びつけたがる人がいますが、かえって勉強すればするほど反戦的になるのが普通ではないでしょうか。ところが、その私が人を殺してしまった、というところが何だか変ですね」

「と、おっしゃいますと……」

「本省からM局に出戻ってきた頃だったでしょうか。変わった方が郵政大臣になっていました。髪を長く伸ばしてカールさせ、ボサボサ頭のあの人は永田町の変人と言われているそうですが、雲の上のことだからよく分かりません。

この方は根っからの郵政事業民営化論者でその本も著していました。

そのため大臣とはいうものの官僚はそっぽを向いてしまって情報が上がらず、国会では袋だたきにあうという始末でした。さぞ辛かったでしょうね。

この内閣は半年そこそこで倒れましたが、もしあのまま居つづけたら、その大臣は病気になってしまうところだったでしょう。

興味本位でその民営化論を読んでみるとこれがまた面白く、思い当たるふしが多くて目から鱗が落ちた思いがいたしました。

天の邪鬼が書いたものに小さい天の邪鬼が飛びつくのは自然の成り行きだったかもしれません」

「…………」

「この頃からです。本省がなり振り構わずに一大キャンペーンを繰り広げ出したのです。

郵政三事業は一体的に運営し、しかも国営でなければならず、民営にはなじまないものであり、国民の大多数も支持している。だから職員はもっとサービス向上に心がけ、営業成績を伸ばしていかなければならないとの教育がやかましくなってきたのです。それはもう普通ではありませんでした。

極端なことを言えば、仕事は放っておいても、毎日のように研修室に集めて、民営化はさせない、そのためには何々と、まさに洗脳教育ですね。

これは大戦末期の国体護持にも似たばかげたやり方のように思えてなりませんでした。

それはともかく、省のこのやり方は樹を見て森を見ず、省益のみあって国益なしと冷めた目で私は見ておりました。

だから私は営業には協力しませんでした。ですから上や周りから爪弾きされるようになりましたが、屁の河童で通しました」

「なるほど……」

「私は妹とも縁が切れ、親戚とも往き来がなく、局の中では孤立の状態で明け暮れしていましたが、去年の七月、朝刊の『時の人』欄に新任の高山東郵便局長の紹介が目に入りました。名前は若園法賢といって二十九歳、顔は貧相な感じがしましたが、言うことは壮大でした。年恰好は同じですが、この人は清風寮では見かけたことはありませんでした。

名前からして寺の出ということでT大出身です。広い寺で育ったせいかマンションは苦手だが、庭が広くて木造の官舎に満足している。富山まで一走りすれば美味い魚が食えると聞いてほっとしたとか、キャリア組はとんとん拍子に出世していくので妬む者がいるが、見当外れもいいところと斬り捨てるなど自信に満ちたものでしたが、肝腎の郵政事業については、これから勉強していくとそつのないものでした」

「………」

「私は無性に肚が立ってきて、この怒りを忘れまいとその欄を切り抜きました。この時の怒りが半年後の殺人の導火線となったのです。

太平洋戦争でも、陸軍大学や海軍大学出の軍司令官ともなると、作戦はもっぱら若い参謀に任せ、自身は囲碁、ポーカー、魚釣りなどに明け暮れし、夜は高級料亭に入り浸る者が多かったようで、これが大物の証明とも見られていました。

ところが作戦はずさんで、物は無いし、精神論としごきだけで、いったん戦さになればボロ敗け、しかもほとんどの高官は、戦後ものうのうと生き延びて天寿を全うしております。

三百万人もの血を流して終わった戦争の後も、居心地のよいキャリアの風習だけはちゃんと律儀に受け継がれたのです」

成就社（二）

「では、その日のことをお話しいたします。十二月十五日の金曜日、曇って生暖かい日でした。夕暮れに車を近くの崖の下に止めて五時に官舎の庭に忍び込みました。あたりはもう真っ暗です。

官舎の場所は二週間前に下見済みでした。ここは川沿いの百坪はあろうかという敷地に建つ小ぢんまりとした平屋です。

玄関の引き戸は鍵がかかっていたので裏手にまわりました。

雨戸を一本ガラガラと難なく開け、中のガラス戸も鍵はかかっておらず広縁の中にわけなく入ることができ、障子を開けて座敷を覗き込むと万年床が敷きっ放しになっていました。ここまでは、二週間前の下見の時と同じでした。

家の中は独り者の気楽さから散らかり放題になっており、おかしいくらいでした。

私はさっそく電灯のスイッチ、便所、風呂場、このあと隠れる押入れなどを急いで見てまわり、元通り雨戸を締め、電気を消して押入れの中に入りました。押入れは二つありましたが、ふだん使われていそうにない方を選んで潜んでいることにしました。この時、五時ちょっと過ぎでした」

「…………」

「七時過ぎ玄関に音がしてここの主が帰ってきました。一人だけのようです。すぐテレビをつけ、そのうちに風呂の支度をして入っていったようでした。夕食はどこかで帰りに食べてきたものとみえます。

私は押入れのふとんの上に横になってじっと待っていました。もとより個人的な恨みでもなく、物盗りでもない、全くひどい話もあったものです。

テレビの音が消え、電灯が消されたのは十時少し前で、いっぺんにしーんと静かになりました。

寝入りばなですが、さらに三十分待つことに決め、それまでの間、携えてきた犯行声明の文言を心の中で唱えておりました。まるで呪文です。

(十時三十分、今だ)

用意の研ぎすました出刃包丁を右手に、左手には懐中電灯を持って忍び足で近づきました。

男は背中をこちら側に向けて大きな寝息をたてています。膝を折って顔を覗き込もうとした途端、手が震え出して歯の根が合わなくなったのを今も憶えています。左手が揺れるので、明かりが壁や天井をぐるぐるとまわりました。

この時ふと、このまま逃げようか、大それたことを考えてここまで来たことだけで十分ではないかと思ったような気がします。

男が寝返りをうって顔を上に向けました。酒を飲んだのでしょう、臭い息を荒く吐いて、汚なそうな歯を奥までのぞかせています。不意に、言うに言われぬ嫌悪の情と清風寮での屈辱の日々がよみがえり、ぴたっと手の震えが止まりました。

（やるしかない、今だ）

左手で明かりの焦点を首筋に合わせ、右手に握りしめた出刃を首に打ち当てて一気に手前に引きました。ヒューという声にもならない声が絞り出されるや、噴水のように血が噴き出してきました。ふとんの中で手足が痙攣するのが見てとれましたがじきに収まりました。

事は呆気なく終わりました。

電気をつけると、ふとんといい、周りの畳といい血の池地獄そのものでした。すでにこと切れた男の顔はまだ血の気がひいてはおらず、口は開けたままでしたが、殺《や》る前に覗いた顔と変わっていないように思えました。

ぼーっとしてどのくらいそこに立ちつくしていたでしょうか。気が付くとまだ右手に出刃包丁を握りしめていました。

この後、私は返り血を浴びた手を洗い、着ているものを全部脱ぎ捨てて素裸になって風呂場で体を拭いたあと、持ってきていた衣類に全部着換えました。そして押入れからふとんや毛布を何枚も出してきて、血だるまの新仏の上に掛けておきました」

「…………」

「ここでかねて準備してきたことをやったのです。それは犯行声明です。

何故凶行に及ぶに至ったのか、何を訴えたいのかを、あらかじめ模造紙に筆と墨汁を使って書き上げてきたものを、バッグから取り出し、これを座敷の中で血が付いていないところに画鋲でしっかりと止めました。紙は一畳半近い大きさですから、八畳の間の一角を占めたかたちです。

その犯行声明を申し上げていいでしょうか」

鬼頭は女主人の顔色を窺いながら承諾を求めるのだった。

主は頷いてみせたがその顔は、女の能面のようで、厳しいような、悲しいような、また穏やかで静かなようなえも言われぬ神秘性を湛えていて、鬼頭は思わず居ずまいを正すのだった。

そして諳んじている犯行声明をゆっくりと口に出した。

主はややあって、

「もう十二時半になりましたが、一時からまた始めましょうか。それでその声明文を、半紙を出してきますから筆で書きとめて下さい」

と言って、帳場から半紙に筆、墨汁を出してきて鬼頭の前に置くと奥に入っていった。

主が再び現れた時、鬼頭はまだ書きかけであった。ようやく書き終えて数えると十九枚になっていた。

主はそれを脇に置くと、

「さあ、始めて下さい。夕方ここへ来られた時に比べると顔色が穏やかになってきていますよ。私からもあとでお話しすることがあるでしょう」

鬼頭は一礼して目を上げると、どこかでよく見た憶えが……、と思いめぐらしていると、ハッと思いついた。それはモナリザだった。

「私は高校生の頃一度人を殺した夢を見たことがあります。同級生で仲が良くも悪くもなく、付き合いも全然ない小柄な男でした。その子の首を切り落としてしまい、目を剝いてごろんと転がった生首を抱えた時の重たい感じを今でも憶えております。

不思議な夢でしたが、それが今回の犯行の予言のようなものだったのでしょうか。

無意識のうちに前もって雛形があって、運命に引きずられるまま現実に起こってしまうということがあるのでしょうか」

「さあ、どうでしょうか」

「犯行声明を畳に画鋲で止めていた時、不意に電話のベルが鳴りました。その時は本当に恐くてぞっとしました。ベルはなかなか鳴り止みませんでしたが、プツンと切れました。仏にとって大事な電話であったかもしれませんし、あるいは単なる間違い電話だったのかも知れません。しかし、もう一刻の猶予もなりません。

子供の頃読んだスティーブンソンの『宝島』の始めのところを思い出しました。少年ジムとその母が、呑んだくれて死んだ海賊のトランクの中身を、宿賃のかたにでもと物色していると、仲間の海賊が襲撃の口笛を吹くのを耳にして、命からがら家から逃げ出すくだりです。ただ大いに異なるのは、同じ恐怖心でもジムの場合は、自分の家であってやましいところは何もないのに、私の場合は無法にも人の家に忍び入り、挙げ句の殺人ということです」

「…………」

「玄関の中から鍵がかかっていることを確かめ、忘れ物はないか点検し、一畳半大の声明文をもう一度見納めし、明かりを全部消し、血まみれの衣類と包丁の入った大きなバッグを持って入って来たところからそっと外へ出ました。

辺りは真っ暗闇で、寒さも感じませんでした。車に戻った時はもう零時を少しまわっていました。七時間もの間あそこに居たことになります。

ハンドルを握ってからもずっと興奮していて、かなりのスピードを出していたと思います。名古屋のアパートの部屋に戻ったのは午前三時少し前でした。すぐ寝床に横になったものの眼が冴えて寝つけそうもありません。たった数時間前の惨劇がまざまざとよみがえり、血の海の臭いが頭の中をぐるぐると巡っていました。

外は師走には珍しく篠つくような雨になっていました。私は風呂の湯を入れて、全身毛穴の芯まで洗い流したのでした」

「…………」

「十二月十六日の土曜日はいつものように出勤しました。その日一日テレビでも新聞でも事件のことは何も出ませんでした。

翌十七日の日曜日も年賀状で繁忙のために出勤しましたが、その日も高山のことは出ずじまいでした。

テレビで人々がはじめて知ったのは、十二月十八日月曜日の昼でした。

高山東局の郵便局長が鋭利な刃物で喉を掻き切られ、ふとんの上で血まみれになって殺されているのを、その朝訪れた局員が発見し警察署に通報、犯人の手がかりはまだ得られていないというものでした。

なお、犯行は三日前の十五日深夜で、寝入りばなを襲われたとみられ、抵抗の跡はない。物盗りか、怨恨によるものか不明で目下捜査中というものでした」

「…………」

「昼の局の食堂でもそれはもうえらい騒ぎでした。その中で黙々と飯を食っているこの自分が当の下手人であることに、改めて慄然として顔を上げることもできません。

（しかしどうもおかしい。畳の上に拡げておいたあの犯行声明のことが一言も触れられていない）

これはマスコミには出さないということだなと見当をつけたものの残念に思いました。

『こんな若造の局長を殺したってどうなるもんでもないよな。なあ鬼頭、どう思うね』

いきなり不精ひげの小父さんから名指しされてぎょっとしました。

『うん、分からんけど何かわけがあったんではないかねえ』

と生返事をしてごまかすと、すかさず、

『当たり前だがや、通り魔でもあるまいし、何にもなしでこんな事件が起こるわけがないがや、たあけか』

と言われてしまいました。

そこでテーブルに居合わせたみながげらげらと笑いころげました
「………」

「午後の配達でバイクを走らせながら考えていました。

（第一発見者はテレビの言うとおり高山東局の課長か誰かであろう。死体を見つけて腰を抜かしたにちがいないが、犯行声明に目を止め、読み下してみると御家の一大事に関わることが書いてある。忠勤を励む家臣は一一〇番する前に上局へ注進に及んだのではないだろうか。もしそうならば、あの声明は闇から闇へ葬り去られてしまうかもしれない）

声明が世間の目に晒されなければ、私が夢想したように、世直しに共感する人が出てきようがありません。民営化だって、ああでもない、こうでもないとやっているうちに沙汰やみになってしまうかも知れません。

そう思うと何のために大罪を犯してしまったのか空しくなり、後悔の念が湧いてきました。

しかしまた、バイクを走らせるうちにこうも考えました。

（もし当局が勝手に声明を隠して処分してしまったとしたら許せないことだ。自分は逃げ隠れするどころか、すぐにも自首する覚悟でいたのに、こんなことならしばらく様子を見

てみよう)

　と考えをまとめたのでした」

「…………」

「年が明けてじきに犯人と名乗って管轄の警察署へ公衆電話を入れました。現場に模造紙三枚もの犯行声明を残してきたことを話しましたが、向こうの対応は何故か要領を得ないものでしたのでこちらから切りました。

　あるいはやはり私がおどおどびくびくしていたかと思われますし、いたずらの情報が多くて眉唾ものと思われたのかもしれません。

　一月の末に今度は犯行声明をワープロで打って送りつけ、いずれ署へ自首する旨伝えたのです。これで真犯人に違いないと確信したのではないでしょうか」

「…………」

「この頃のことですが、アパートの部屋に何者かが入り込んで本棚とか机の中を触った形跡があるのが分かりました。本の背表紙の位置が微妙に違うのです。

　警察か、他の者か分かりませんが、人の好い大家にうまいこと言って合鍵を出させたのでしょう。

　そろそろ娑婆の暮らしも終わりに近づいたことは覚悟していましたので、本を手始めに車や家財道具、衣類なども大半処分してしまいました。

そして二月の半ば退職したのです。

十年勤めましたが格別の感慨はありませんでした。実はこれも大変勝手な話なんですが、自首するのは、四月の桜の時と心に決めていたのです。

どういう風の吹き回しか、それまでの一カ月四国八十八カ寺を巡拝したいものと心に決めて、三月初めに四国入りし、昨日からこちらでお世話になっているわけです。アパートはその前にきれいに引き払いました」

ここで女主人が口を開いて尋ねた。

「若いうちから大変な苦労をしてきたんですね。時間がもっとあれば早死になさったご両親や、縁が切れたという妹さんのことも知りたいものです。

ところで犯行に及んだ動機というのがいまひとつ分かりにくいように思われますが、何か言い残していることはありませんか」

「はい。エリートへの反感だけではありませんでした。

戦史を独学でやっているうちに、日本の場合、おろかな指導者のために何百万もの尊い生命がむざむざ失われたことに義憤が湧いてしかたなかったのです。

ことに昭和二十年に入ってからの政治外交の無策には目を覆いたくなります。軍部の独善には憤りを覚えます。その合言葉は『国体護持』でした。

そんな言葉遊びを弄している間にも一日に何万人もの『オオミタカラ』は斃れていったのです。

八月十五日の『終戦』を有り難がっているのは、生き延びた人達であって斃れた『民草』は無言のままです」

「…………」

「不思議でならないのは、戦争で亡くなった方たちが何故怨霊となって出てこないのでしょう。仏放っとけ、神構うなとも申しますが、成仏しておられるならおられるで、生き延びた人たちに夢でもいいからなぜ真実を教え諭さないのでしょうか。妻、子、父、母、兄弟姉妹になぜ夢路に訪れてくれなかったのでしょうか。

英霊や犠牲者に愚痴を言うのは筋違いというものですが、一九四〇年代に散った魂達が何も言わないことをいいことに、生き延びた者たちは、過去を忘れ去ることによって栄耀栄華を極めています。

さらには日本人に何倍かする被害をアジアの人々に強いましたが、その何千万という霊魂は海が苦手でこの島国までは近付けないとでもいうのでしょうか。

人間は、どんな目にあっても死んだらおしまいということなのでしょうか。御存知でしたらどうかお教え下さい。

犯行の動機についてさらに詳しくお尋ねですが、私にはこの国体護持と郵政事業の国営堅持が重なって見えてきてしかたなかったのです。

両者とも壮大なことを言っていても中身に乏しく、しかも声高に叫ぶ人たちは手前の都合しか考えていないのです。

私は三島由紀夫の作品が好きでした。何よりもその丁寧な気品のある文章と劇場を意識した筋の展開には舌を巻きました。でも最期は惨めでした。独り善がりで誰もついてきませんでしたから。あの方はやはり貴族だったのですね。

大三島と一介の郵便配達、いくら平等の世の中とはいえ対比すること自体が荒唐無稽であることは百も承知です。張り合うつもりは毛ほどもありませんが、憚りながら根にあるものは同じことだと思っています。

文豪の魂は大きい、こちらは小さい。しかし、小さな魂が十、二十、百、二百寄れば大きな力になれる。

文豪は古式に則って立派に自刃されたが、こちらは百姓一揆みたいなもので、礫覚悟で斬り込んでいくという戦術です。でももう終わりです。もとより今では天涯孤独、何も思い残すことはありません。

これから先どうなることか分かりませんが、この一月《ひと》四国の山野を歩かせていただき、最後にあなた様のようなお方、と申しましても何も存知上げないのですが、ただの宿屋のお上さんとは違うということは私にも分かります、その方に話を聴いていただいて本当にありがとうございます。

今朝お山に登らせていただいて戻りましたら、最寄りの警察へ自首します。お願いですからどうか付き添って行って下さい。

昨日までは、自力でオートバイを駆って高山まで赴くつもりでしたが、今ではすっかり考えが変わりました。本当にありがとうございました」

話し終わって主の顔を恐る恐る見上げると、何故か一遍に目頭が熱くなり、とめどもなく涙が溢れてくるのだった。

鬼頭は手放しで泣きじゃくっていた。

いつの間にかソファーから下りてひざまずき、頭を垂れて泣き崩れるのだった。

女主人は、両の手を鬼頭の肩において優しく撫でさすっていたが、その顔はと見ると毅然としていて眼は何かを睨みつけているようであった。

こうしてどのくらいの時間が経ったのだろうか、もう白々と夜が明けてきたのだった。

「さあ、鬼頭さん、もう夜が明けましたよ。よくお話ししてくれました。一晩中語り明かしたんですね。

あなたのしたことは大きな罪なのですからいずれその報いは受けることになるのでしょう。それはずっと先よりも、近い先の方が魂にとっては楽なのです。その報いを受けたあとは楽になるのですよ。

それから戦争では無辜の民が何百万、何千万と殺されましたが、それらの犠牲も世界の建て直しのために召されたのです。今その霊魂は、嬉々としてあの世で立ち働いているか、この世に生まれ変わって穏やかに暮らしているのですよ。

ですからこれは非常に難しいことなのですけれど戦争に捉われてもいけないし、さりとて無知でも困るんですね。同じことは、人間の悪業や社会悪にも当てはまりますよね。

それはそうと、若園さんという方、その方は夢に出てきませんでしたか」

「それが不思議なんです。巡拝中の一夜、あの人がふとんから抜け出し、起き上って、にこにこ笑いながら、懐かしそうに歩み寄ってきたのです。そんなことってあるのでしょうか。正反対に解釈するしかないと思っています」

「そうでしたか。それはよかった。それは正夢なんですよ。仏は報いを受けて死んでしまったけれど、恐らく天上の守り神の助けを受けて覚ったのではないでしょうか。よかった。

ほんとうによかった」

主はここで晴ればれとした笑みを浮かべるのだった。

この女性は、白河正子《しらかわまさこ》といい、昭和十三年寅歳生まれのこの時六十二歳であった。素封家の学者の家に生まれ、若くして歌人として名をなし、日本画や能にも造詣が深く、その美貌とともに四国の文化人の憧れの的であった。

松山の富豪の息子と結婚したものの、どういうわけかじきに別れ、その後霊山石鎚教団の道場に入って荒行の甲斐あって、相当上の幹部にまで上りつめていたが、ある日悟るところあって一切の役職を降りて一信徒となったそうである。その後、成就社の門前、といっても鳥居をくぐって境内には信者向けに三軒の旅館があるが、その中の一つ石鎚屋の経営を正子が任されるようになった。なんでも親戚筋に当たるとのことであった。

ところで正子は、年を経るに従って霊能が発達し、荒行によってさらに磨きがかかったのか、幹部を退いて旅館のお上さんになった今でも五十万信徒の尊敬を一身に集め、年に一度の登山に来て、正子の姿を涙ながらに拝む人が後を絶たない。

霊能者というと、とかく奇矯な振る舞いが目立ち、頼って来る者の罪障を言い立てて己の霊能を誇り、冷たく突き放しながら大金を否応なく吐き出させる狐憑きみたいなのが多いが、正子にはひとつもそれがなかった。

　御布施は取らず、相手を裁かず、暖かく柔らかく包みこむように話を聴いてくれて、一緒になって泣いてくれるのだった。そうすると信者はあたかも女神様に赦されたように思えてその罪穢れを懺悔して、また気を取り直して山を下り、日夜正子様の姿を拝みながら翌年の登山を心待ちにするのであった。

　ただ中には厚かましい客もいて、正子の美貌を賞めそやした挙げ句に悪乗りしたため厳しく咎められて退去させられ、境内で他に二軒ある鍵屋と聖屋でも相手にされず、山裾の旅館や宿坊でも手配したわけでもないのに見破られて宿を断わられ、結局二十キロも下った西條の町まで退去させられた例もあるそうで、正子が怒れば本当に恐いと語り草にもなっている。

　そのような高貴な方に、信者でもない鬼頭如きが、一夜の宿を乞うた縁で、夜を徹してまで親しく声をかけてもらえたというのは、まことに不思議なことと言わねばならない。

石鎚から高山へ

鬼頭は部屋でわずかばかり横になったが、すぐ身支度して食堂で朝食をとり、帳場の奥の正子に、あらためて挨拶をするのだった。

「どうもお世話になりまして本当にありがとうございました。おかげで心が楽になりました。これから先も決して忘れることはできません。これからお山へ参りますが、必ずまた戻りますので、荷物とオートバイはそれまで置かせておいてください。

申し上げましたとおり、お山から下りてきましたら今日中に西條西署になりましょうか、自首して出ますので、できましたら是非連れて行って下さい。お願いします」

「そうですか。ちょっと待ってくださいね」

と言いながら正子は急くように近づいてきて、鬼頭の肩を両手でしっかりと抱き締めた。

「あのね、どうも胸騒ぎがするんですよ。この山の中に不穏な風が吹き込んできたようです。今はまだ霧がかかっているし、体も徹夜で疲れているでしょうから、もう少し待ってみてはどうでしょうか。今日中に出頭すればいいのですから時間は十分ありますよ。

それにガスが晴れれば、境内の遥拝殿からお山が望めますから、それからでも遅くないでしょうに」

正子はしっかりと鬼頭の肩を抱いたまま、その髪と顔は鬼頭の首に触れんばかりであった。

鬼頭は真近に正子を見つめつくづく美しいと思った。一瞬のうちにえもいわれぬ懐かしさで胸がいっぱいになり、涙が溢れてきた。

涙を見せまいと顔を正子の胸に埋めて体を寄せると涙がとめどもなく流れてやまなかった。

ややあってどちらからともなく手を離したが正子の素顔はさらに気品のある美しさを増していた。

「ありがとうございます。何があろうとも運命に従うことにいたします。あのう、荷物の中に妹に言付けたいものがあります。もし私の身に何か起こりましたら、時期を見計らって渡して下さるよう、どうかお願いします。では行ってまいります」

鬼頭は泣きはらした顔で礼を述べた。

正子は門口に立って見送ったが、鬼頭の姿はすぐ濃霧の中に消えてしまった。

彼女は鬼頭が潜った死出の山門を見つめてなおも立ちつくしていたが、この後の出来事をすでに見通していたのであった。

小一時間も歩き続けて後ろを振り返ると、成就社のある一四〇〇メートルの小山が霧の上にぽっかりと浮き出て見え、その右手にあるのはまさしく石鎚屋である。

成就社の遠景を眺めていると、どこかで見たような憶えがあるとしばらく佇んでいるうちにはたと思い当たった。吉野の蔵王堂である。

蔵王堂も深山の入口に面して堂塔伽藍が立ち並び、そこから修験者達を吉野の山々へ送り出すのだった。

霧は見る間に晴れて雲一つない青空となり、成就社の右手後方には瓶ヶ森、その奥には笹ヶ峰が望まれ、行く手の前方には石鎚山と天狗岳の怪異な姿が間近に迫ってきた。

この時前方に男が二人道端で休んでいるのが目にとまった。向こうも目ざとくこちらを見つけたようで、距離が縮まると向こうから、

「おのぼりさん」

と声を掛けてきた。

登ってくる人にはおのぼりさん、下ってくる人にはおくだりさんと声を掛けるのがこの山のしきたりになっているのだ。

「霧が晴れてよかったですね。もう下りて来られたのですか」

と鬼頭が尋ねると、

「私らも登るんですわ。日頃歩いとらんので、えろうてかないませんのや。一服ばっかりや」

とさえない答えだった。

見れば二人とも信者のようでもなければ、登山という感じでもなく、どういうわけかぶらっと遊びに来たというような風であった。それに目付きが険しく鬼頭にはいやな予感が走ったのだった。

「兄さんはゆんべどちらに泊らはったんですか、ほう石鎚屋でっか。わしらは向かいの鍵屋に泊って今朝早う出たんやけど、もうあご出してもうて。ところで、どちらからみえたんですか」

「名古屋の方です」

この時二人は顔を見合わせて頷いてみせた。

「車で来なはったんですか。えっ、なに、オートバイで。ほう、これはかっこええな、月光仮面正義の味方や。

お若いのにお仕事の方は休みとってはるんですか。わしらかてぶらぶらしとるみたいで恥ずかしいんですけど、どんなお仕事でっか」

「退職して今は何もしてないんです。前からこのお山へ登ってみたかったので来たんです」

「なんでまたこんなえらい山に来たかったんやな。わしらのことやけど、おやじが、社長ですが、お前らはどうもピリッとしたとこがないからどだいあかん。俺が若い時修行した石鎚のお山にお参りして来い。そしたらちっとはまともになるやろと言われていやいや来たんです。

もうここら辺でやめといて、帰ったらおやじに、すばらしいお山でした。なんやこう有り難いという気持ちがひとりでにわいてくるようなお山でしたわとか、ええ加減なこと言うてごまかしとこと、今この兄貴と悪い相談をしとったんですわ」

「そうですか。それではお先に失礼します」

と言うと、兄貴分の方が前を遮ぎるようにして、

「さよか、この先何十メートルもあるというごっつい絶壁の鎖場があるという話を聞いたけど、あんさんは鎖をたぐって行くんか、それとも回り道にするんでっか」

「人が少くて恐いので、回り道にします」

「さよか、人がおらんので恐いのう、おっても恐いよのう。渡る世間に鬼はなしと言うが、

そうでもないな。

わしら貧乏人の伜で学校もろくに行かず、おまけに頭の悪いもんが出くわすのは鬼ばっかりや。そのうちけったいなことにこっちが鬼になってしもとることもあるわな。

おう、俺ちょっとしょんべんしてくるで、あと頼むぜ」

と兄貴分は、石鎚山に背を向けて、下手の木立の方へ歩き出したとみるや放尿を始めた。

この時パーンと物が爆ぜる音がした。

兄貴分が用を済ましてゆっくりと戻って来ると、そこについさっきまでにこやかに応答していた鬼頭健は、左胸を撃ち抜かれて痙攣していたのも束の間息絶えた。

「うん、よし、落ち着いてようやった。これでお前も一人前や。じゃが、今日はだあれも居らん山の中で、向こうは丸腰で警戒心無し抵抗なしや。これから名のあるヒットマンになるには並み大抵やないが、とにかく今日一人殺ったというんはえらいもんや。どや、今の気持ちは」

「へえ、正直言うてちょっと可哀想な気がして。何をやらかした手合いかは知らんが、堅い奴のようやし……」

「阿呆、そんな精神ではあかんど。ま、ええわ、この仏を道端ではあかんからちょっと退けとこやないか」

二人で新仏を持ち上げ、登山道から隔たった笹叢の中を進み、険しい崖から落とすと殊勝にも合掌して、今来たばかりの道を成就社の方へ引き返して行った。

程なく白装束の年寄り夫婦が杖をついて登ってくるのが見てとれた。

「おくだりさん、もう頂上まで行ってきはったんですか。えらい早いですな」

「わしら若いよってに、宿を五時に出て、御来光拝んで、こんなもんですわ」

「え、御来光拝めましたか」

「いや、それは今朝は無理やったけどな」

「ところでさっき上の方でパーンと何か爆ぜたような音がしましたが、何でしたやろ」

「ほう、爆ぜるような、何やろ。雷とちゃうか」

「わしらは何十回も登拝しよりますが、この時節に雷は聞いたことない。妙やなあ」

ならず者二人は長話は無用と下り道を急いだ。

「年寄りのくせにええ耳しとるやないけ。もしも後で、仏が発見されるとしても早くて七月に入ってからや。その頃にはもう白骨になっとるやろ。それよりも成功報酬もろたらパーッと厄落としじしよやないか。それとお前の昇任前祝いや」

ひどい奴らもあったもので、この日霊山は穢されたのである。しかし、その時白河正子の霊眼には、鬼頭が前社森の鎖場の前でピストルで胸を撃ち抜かれ、死体は道から何十メートルも離れた崖下に横たわっているのがはっきりと見えたのであった。

正子は車を駆って山を下り西條西警察署を訪れ、前夜の宿泊客が前社森の辺りでピストルで殺されたのではないかと思われるので、山狩りをしてもらいたいと申し出た。西條西署ではもとより正子の霊能の評判はよく知っているし、西條はおろか四国の著名人でもあるので、すぐさま警官五人を出して当たらせたところ、果たしてその通りであったので、今更ながら正子の霊力を思い知らされた。

この時、正子は署長に面会を求めて、昨夜来の鬼頭の物語を一部始終伝え、また未明に書き上げられた例の犯行声明を見せたのだった。

さらに署で一通りの処理が済んだら、自身捜査本部のある高山まで出向いて説明したいので、事前に向こうへ通じておいてほしいと頼んだ。

署長は他ならぬ白河正子の頼みでもあるので承知したが、なぜ登山を無理にでも止めて、朝一番でここまで連れてきてくれなかったのか、そうすれば俺の顔も立つし、また厄介な殺人事件を抱えこまなくても済んだのにと愚痴の一つも言いたかったが、正子の不思議な威厳の前に、海千山千の署長をもってしても口に出すことができなかった。

正子には署長の思惑はよく読めたが、鬼頭を待ち受ける運命の力に逆らえるものはないことを知った上で山へ送り出したのであった。この時いちはやく悪党たちの車は山を降りてしまっており、西條西署が掛けた網に間一髪で引っかからなかったのは、悪運の強さでもあった。

四月九日、旅の若い男の葬儀は、成就社からさらに下った麓の小さな寺で営まれた。もとより身寄りもないと聞いていたので、前夜の宿泊客という縁で、正子がとりしきり、遺体は荼毘に付された。あまりにもひっそりとした葬儀だった。

仏は大それた悪事を働いたとも思えぬ穏やかな顔で、うっすらと微笑みさえ浮かべているようにも見えた。

黒に身を包んだ正子は、死人の頬に手をそえながら、とめどなく熱い涙を流すのであった。

この日、春の陽は惜し気もなく降りそそぎ、周りの山々の若葉は波のように照り映え、山桜は今を盛りと満開であった。

村人は射殺事件をいち早く知っていて、何かの不始末のけじめだろうとまことしやかに噂し合うのだったが、被害者の真実を知る者は白河正子一人であった。

葬儀の翌日の四月十日、まだ真っ暗なうちに正子は黒い服に身をつつみ西條駅まで車を走らせた。

西條を六時十二分の特急に乗り、途中岡山でひかりに、名古屋からは特急ひだに乗り継いで高山に着いたときはすでに十二時五十二分だった。

このあと高山東署では、西條西署から電話で聞いているので、すぐ殺風景な会議室へ案内されたが、どうせ山奥のたかが山小屋に毛の生えた程度の旅館の小母さんだろう、持ってくる情報とやらの中身にしてもいい加減のものぐらいに思われているふしがあった。

担当の刑事二人のうち、一人は最初に登場した大男の能登谷係長であったが、正子の何か威厳のある堂々たる態度と、被疑者が宿で書いたという犯行声明を見せられて、事件の真相の鍵を握る証人が今ここに現れたことを知って驚いた。

しかし被疑者はすでに前々日の八日、山中で何者かにピストルで撃たれて死亡しているということで落胆は隠せなかった。

二人の刑事は何か小声で相談していたが、ややあって、

「ここでは何ですからどうぞ署長室へお願いします。署長がご挨拶したいと言っております」

と手の平を返したような変わりように正子は苦笑を禁じ得なかった。

署長は丁重に挨拶を返し、傍らの副署長と県警の警部を紹介した。

正子はここで改めて七日の夕方から八日の早朝にかけて鬼頭が話したことを述べ始めたが、先の二人の刑事同様がさつな稼業の男たちも、内から自然に出てくる気品と、六十は優に越していると思われるのにそのえも言われぬ色気に圧倒されつつあった。

「彼が言いますには、犯行後直きに自首するつもりでいたようです。ところが肝腎の声明文のことはテレビにも新聞にも出ないのでおかしいなと思ったということです。

一月早々公衆電話から犯人を名乗って、こちらへ犯行声明がなかったかどうか尋ねたそうですし、その月の下旬には改めて犯行声明文を送りつけたそうです。

彼はそこにもありますように、郵政事業が世の中の変化や進歩に対応出来なくなっているのに、無理に国営存続を図っているのではないかと申しておりました。

それと以前に希望して本省へ転勤して二年間ほど居たとのことですが、そこでキャリア組のエリートとその他の者とでは途方もない身分差別ともいえるものがあるのを体験してやる気をなくして、また元のところへ舞い戻って来たということです。

たった一晩話を聞いただけですから、人と成りはよくは分かりませんが、元々は真面目な性格だったと思われます。何も庇《かば》い立てするつもりはさらさらございません。見聞きしたこと、感じたことを申し上げております」

「…………」

「友人も、恋人もいないようで孤独だったことは確かでしょう。よく本は読んでいるようでしたが、大分偏りがあったようで、若いのに似ず非常に戦史に詳しく、例えば太平洋戦争中の日本の軍司令官などのトップはもっぱら幕僚任せで、日夜道楽三昧、これが大物の証明ともされていたそうですが、彼らを今のキャリア組に重ね合わせているようでした」

「…………」

「彼の場合、戦史や戦記を読めば読むほど、無謀で無責任極まる作戦のために、散華して果てた何百万の霊に傾斜していったのではないかと思われます。

さらには同胞のほか、犠牲となった何百何千万のアジアの人たちの魂とも共感をもちたいというとてつもない幻想にも捉われていたようです。

昭和の初めに一人一殺を標榜して、軍閥、官僚、財閥に挑みかかった一派がありましたが、彼も法華経の中の一句を引用して、同志が地から湧き出るように現れて、腐り切った世の中に風穴を開けて世人の目を醒まそうというアジテーションをたった一人で編み出して、いわば手に届くところで凶行に及んだもののようです」

「…………」

「犯行声明がどうも蒸発してしまったことのほかにも、彼のアパートの部屋に留守中に人が入り込んで物色された跡があったということです。これが一月中のことですから、どうも当局の方では、彼が有力な容疑者であると絞り込んでいたのではないでしょうか。

素人の私が立ち入ったことを申し上げるのはまことに失礼ではありますが、これが捜査上、警察と郵政が共同でおやりになっていたとすれば分からないこともないですが、それにしてはおとといの射殺事件はどうなのでしょうか。まるでリンチそのものです。

昨日が鬼頭さんの葬式でした。身寄りもなければアパートも引き払ってしまったと聞いたので、宿をした縁で私がかたちばかりの葬いをいたしました。

犯人を消してしまえばほっと安堵するのは誰でしょうか。どうかよくお調べ下さい。もしも彼から前夜詳しく聴いていなかったならば、事件の真相はうやむやのままになってしまい、私も今日半日かけてここまで参ることもなかったでしょう。

私は彼が真犯人であったことをはっきりと証言できます。

あの朝『行ってきます』と言ってお山に向かいましたが、四時間もして戻ったならば、私が付き添って西條西署へ自首することに約束ができておりました。

犯行の告白を受けながら、すぐに警察へ連絡しなかったことに御批判があれば甘んじてお受けいたします」

これだけ言い終えると正子はハンカチで目頭を押さえ、放心したように窓の外へ目をやった。

このあと正子は夕焼の空を仰ぎながら高山での宿に向かうのだった。

告発の行方

ゴールデンウィークも終わった五月八日のこと、N郵政局長の吉川に県警本部長の宮本から電話が入った。宮本は吉川の六期後輩で同じ九州出身で何故かうまが合い、これまでも何かにつけて先輩を立てて礼を欠かしたことはなかった。

十五年前吉川がK郵政局の部長の時には、宮本は三十歳で、球磨川沿いの市の警察署長となって早くも故郷に錦を飾ったのだった。剛毅な性格で人情味豊かという上々の評判であったが、ちょっと酒癖がという声が無いでもなかった。

しかし、人間欠点というのは誰しも一つや二つもっているものであり、宮本の場合これが魅力や愛敬にもなっているのだった。それにエリートというのは、一年しかそこに居ないので、仮にぼろが出かかっても、渡り鳥のように去ってしまうので世話はないのだ。

その夏、宮本は先輩を渓流の鮎釣りに誘い、河原では警官やその家族が親切に世話を焼いてくれて食べた鮎の味は忘れられないものだった。

秋には吉川からしばしばゴルフに誘われた。まだ習いたての宮本が先輩からからかわれながら、柔道で鍛えた巨軀を小走りに運ぶ恰好を眺めて、吉川は可愛い後輩と目を細めるのだった。

「もしもし、吉川さん、私、県警の宮本です。ご無沙汰いたしております。お変わりありませんか。そうですか、それは何よりです。一度またゴルフを教えていただけませんか。お願いします。

実は他でもない、高山東局長の事件で困ったことが起きましたので、お訪ねして御判断を仰ぎたいのですが。

委細はその時に申しますが、有力容疑者が、これはM郵便局員ですが、四月八日四国の石鎚山中で射殺されているのです。本部長まで情報が上がってくるのも遅かったんですが、捜査本部もホシが死んでしまったのではという落胆もあったかもしれません。

そのうちにゴールデンウィークに入ってしまったというわけです。それでこの件では誠に僭越ではありますが、郵政局長さんと私だけの話にしていただきたいのです」

「そうか、郵便局員がか。それは大変申し訳ないし、恥ずかしいことだ。他ならぬ君のことだから、今のことは私の胸だけにしまっておく。

ということは、警察の方では、郵政側と気まずいことになっていてどうも信用できないんだと、だからトップ同士で決着をつけると言うことかね」

「おっしゃるとおりです。正直に申しましてそういうことなんです。ホシが死んでしまって残念ですが、まだまだ講じなければならない善後策があります。それによって捜査本部の連中も落ち着かせてやらにゃなりませんので……、尤もこれはこちらの側のことですので失礼しました。それでいつがよろしいでしょうか」

「そうだな、大事な話だし、こちらが迷惑をかけているので、明日二時でどうだね。それで肩書はなしで、後輩とだけ言っといてくれんか、待っている。じゃあな」

吉川は電話を切ってから頭を抱え込んだ。

(身内から下手人が出たことは由々しいことだ。一にも二にも宮本君に謝まらねばならぬ。しかもM局だと。

問題はこの男をどういうルートでもって犯人と断定できたかだ。警察のルートでか、あるいは郵政の協力によって挙《あが》ったのか。

それにしても四国の山中で撃たれて死んだというのは穏やかでない。ホシが生きていては困る奴がいるとでもいうのか。

俺も来月の人事異動で本省の局長は間違いない。同期の中でも大臣の覚えがめでたいのは俺をおいては居ないはずだ。その直前にミソを付けてはたまらんとよ。間違ってもマスコミだけはシャットアウトぞ。

ここはひとつ政治的解決しかなかろうて。宮本がどういう話を持ってくるかじゃが、あ

れの立場もあろうから土産も持たせてやらにゃなるまい)

こうして吉川は、自分の身の処し方と後輩への思い遣りをないまぜにして政治的に角が立たぬよう解決したいものだと考えをまとめたのだった。

このような高官であっても、いざとなれば生身の己が可愛いのは下々と同じことであった。

翌五月九日かっきり二時に宮本が局長室を訪問してきた。満四十五歳になったばかりの男盛りである。大きな体を小さくするように恐縮して、まるで吉川に謝まりに来たような様子だった。

吉川の方では持前の尊大な態度を崩さず、眼鏡の奥から本部長がどんな材料を持ってきたのか探るような目付きをしたが、果たしてそれは想像を絶する代物であった。

「どうもお忙しいところを急にご無理をお願いいたしまして申し訳ありません。昨日は電話で失礼いたしました。

あの、お時間の方はよろしいんでしょうか」

「どうもわざわざご苦労さんです。下手人は管内の職員ということで、僕の方から岐阜まで出向かなければならないのに、悪かったね。うん、時間はたっぷりとってくれていいんだよ。不在ということで誰も入れないようにしてあるから」

「そうですか、ありがとうございます。それでは順を追って申します。

犯行は十二月十五日の夜でしたが、発見されたのは、週末を挟んでいたため十八日の朝でした。第一発見者は、谷田庶務課長と柳瀬庶務課長代理です。

官舎に到着したのは十時二十分で、一一〇番が入ったのは十一時十分で、五十分間の間隔があります。余りの惨状に動転してしまったのだということです。

一月に入って犯人を名乗る男から現場に犯行声明を残してきたが、見なかったかどうかと電話がありました。さらに一月にもう一度、今度は郵送で、これが犯行声明だとワープロで打ったものを送りつけてきました。この時自首も匂わせています。

第一発見者は当初からそういうものはなかったと言い張っておりました。そうこうするうちに、この二人は、一人は静岡県内の局へ、一人は三重県内の局へと遠隔地へ転勤になってしまい、接触もかなわなくなってしまいました。

御存知のことも多いと思いますがお許し下さい」

「…………」

「一月三十一日ですが、捜査本部から刑事がこちらに参りまして打ち合わせをしました。郵政側は総括部の課長と係長が出席しています。

この時わが方は、残念ながらまだ容疑者が絞れなくて難航していることを説明し、失礼ながら部内者の可能性も否定できないので、ブラックリストのようなものがあれば提供願いたいと言ったところ、その場で十二名分の札つきのリストを貰いました。もちろんここの管内だけでなく警察庁や警視庁にも動いてもらって、他の郵政管内のリストをも取り寄せる手筈はととのえました。

前後しますが、遺留物はなく、指紋や足跡も決定的なものがなく、盗られたものもなさそうで袋小路に入ってしまった感がありました。もちろん高山は言うに及ばず県内全域で聞き込みを続けても何も出ません。

日はどんどん経つばかり、私も高山の連中の顔を見るのが辛いし、向こうは向こうで本部の敷居がだんだん高くなるといった感じです。

うちは割と警官の質がよく、検挙率も全国有数なだけになおさらのことです。

四月十日に高山の捜査本部へ四国の女性が訪ねてきました。前日に愛媛の西條西署から連絡はあったのですが、そんなに期待はしていなかったようです。

その人は、白河正子という六十二の……」

「何、白河正子、聞いたことがある。そうだ、松山の歌人で、日本画家の、知っている。僕がM郵政局の課長の時だから、三十歳、今から二十一年前のことだが、その人がはるばる来たのかね」

「そうなんです。なんですか、石鎚山の中腹の何とかという所で旅館をしていて、そこへ七日にホシが現れて一晩泊まったというのです。

明くる朝登山道でピストルで撃たれて、死んでしまったのですが、身寄りもないと聞いていたので、その女性が弔らってやったというんですが」

「はてな、白河正子といえばその当時、国会の先生や松山市長でも遠くからその姿を認めれば最敬礼といういわば女神様のような扱いだったな。毛並みはいいし、美貌で、聡明で、芸術家タイプで、一度コンサートで見かけたが、何よりも気品があったね。

国会議員にと再三頼み込んでいたが、いい返事はもらえなかったと聞いた憶えがある。先生になっていたなら、もう大臣の一つや二つはやっているだろうな。同姓同名の人違いだね。山の中の旅館のお上さんじゃね」

「それが今でも女神様なんだそうです。というのもどういうわけか思うところあって、石鎚山信仰の荒行を修行して、霊能を磨き、教団の幹部にまでなったそうですが、ある日一切の役職を降りて一信徒となり、その後一族の経営する本殿の前の信徒のための旅館の経営を任されているとのことです。ですから吉川さんが松山に居られた頃は、彼女はもう四十を越していますからすでに教団の幹部であったかもしれませんよ。とにかくカリスマ性があるようなんです。

四月十日に署を訪れた時のことですが、署長以下みんなひとりでに魔法にかかったみたいに頭を下げたというんですから、不思議な話ではあります。

その時に作成したのがこの参考人調書です。それからこれが白河正子がその場で書かせたという犯行声明で、一月に高山へ送られてきたものと一字一句ぴったり一致しています。大変前置きが長くなってしまいましたが、どうか御覧下さい」

吉川はまず半紙十九枚に筆で書かれた犯行声明を読み下し嫌悪の色を示して脇に投げ、おもむろに白河正子の参考人調書の方に目を移した。

そこには四月十日、署において正子が述べたことのうちから、事件の核心部分、つまり、正子も警察も同じように疑問に思っていることに絞って書かれていた。

警官が書いたもののため、幾分脚色されているのは止むを得ないことではあった。

・犯行声明は現場に本当にあったのかどうか

・アパートの部屋が他人に踏み込まれたことがあったのかどうか

・仮定であるが、郵政側で鬼頭を容疑者として独自に特定していなかったかどうか

・鬼頭を消して得する者がいるのかどうか

正子の供述としてこのような重大な疑問点があるので、犯人は死んでしまったものの、

警察においてはよくお調べ下さいと結んで署名され、白河の印鑑も押されているのであった。

吉川は顔を紅潮させてしばらく無言で考え込んでいたが、やがて堰を切ったようにしゃべり出した。

「宮本君、大変すまないことをした。僕の知らないところでいろいろあったような気がするが、責任逃れをするつもりはない。誠に申し訳ない」

「いえ、大先輩にそう言われると困ってしまいます。それに事件の解明はこれからなんですから」

「それなんだが、これは複雑のように見えて単純な事件なんだよ、そう思わないかね。鬼頭という犯人にしても、これで見る限り誇大妄想狂であり、キャリアに対する恨みを晴らそうとしただけのおろか者さ。

第一発見者の事情聴取はぜひともお願いしたい。知らぬ存ぜぬと言い張るなら逮捕してもらってもいい。

犯行声明は犯人の言ったとおり百パーセントそこにあったに違いない。第一発見者が口を割れば、その指令塔はどこの誰かがつかめるから、これを叩けばいい。それから石鎚山の射殺事件だが、宮本君はどう思うかね」

「はい、他県の事件でもあり、今の段階でこちらからあれこれ差し出がましいことは控えたいと思うのですが」

「そこだよ、物事には何でも落とし所というのがあるだろう。いっぺんに大風呂敷を拡げても虻蜂取らずになる。僕も全く同感だよ。それからさっきの白河正子なる女ね、僕は全く興味ないよ。年も年だが、宗教とか信仰とか修行、あげくはカリスマ性、よしてくれと言いたいよ」

「分かりました。では、第一発見者の二人ですが、事情聴取に踏み切ります。ありがとうございます」

「キャリア組の部長から、よく協力するように言い含めておくよ。全くノンキャリアくらい始末がわるい者はおらん。地元では帝王のように振る舞っているが……」

「今日はどうなることかとおずおずとして参りましたが、先輩からご指導いただき意を強くしました」

(もつべきものは偉大なる先輩だ。それにしても喉を搔き切られた若園は、どうも評判のわるい奴だったな。キャリアといってもああいう馬鹿も混じっているってことだ。早いところ始末されてよかったかもしれない)などと、宮本は思いめぐらしながら意気揚々と帰って行った。

二、三日を経ずしてあっさりと事情聴取は済んで、くだんの指令塔は総括部長の冨江忠であることが判った。決め手は逮捕してでも黒白をつけるぞという警官の迫力であった。谷田にしても柳瀬にしてもそうだが、犯人が捕まったということも聞かないのに何故だ、との思いが拭えなかった。そしてこれでさしもの冨江の御威勢もおしまいと予測するのだった。

五月十四日、吉川は電話で総括部長を呼び出した。

冨江はいつもの明朗な調子で現れたが、愚かなことに罠が仕掛けられていようとは知る由もなかった。

「何だね。その恰好は。出直してきなさい」

と言われていったん出たが、

(おかしいな、上衣を着て来いということだろうが、いつもワイシャツ姿で出入りしているというのに、ひょっとして俺の人事のことかもしれない。それにしても何か突き放したような感じだったが……)

と胸騒ぎを覚えた。

再び吉川の前に立つと、

「これ、近過ぎるぞ、五メートル下がるんだ。姿勢を正せ」

と傲然と言い放った。その眼は憎悪と軽蔑に燃えているようだった。

「局長さん、これはどうも失礼しました。何があったんでしょうか。何か誤解でも……」

と言いかけたが後が続かなかった。

吉川は今度は声を低くして問い質した。

「他でもないが、高山東の局長の事件だが、包み隠さず言うんだ、いいか。犯行現場に犯行声明があったというんだが、本当にあったのか、無かったのかどうなんだ」

「それは、そのう……」

「そのうではない。あったか、なかったかと聞いとるんだ」

「ありました。谷田課長が伺いを立ててきたので、こんなものがマスコミにでも洩れるとまずいと……」

「もうよい。マスコミのことを聞いているんではない。それで、その犯行声明は大きなものらしいがどうしたんだ」

「葬式のときに職員課員が預かり、あとで私が保管していました。でも局長、お言葉ですが、これは事業を守るために……」

「うるさい。君たちは二言目には事業を守るためと言って、それさえ唱えていれば許されると思っておる。馬鹿ほど恐いものはないというがほんとだな」

冨江は、バカと言われてさすがに肚が立ってきたが、今は少しの我慢と思い直して怺《こら》えてみたものの、暴風はおさまりそうもなかった。

「一つ聞くが、君は万が一にも下手人が部内者でこの管内の者ではないかと考えて、不審者を洗ったことがあるか、どうだ」

「それはあります。県警にもリストを渡しました」

「その中に鬼頭健というM局の男があったか、なかったか憶えているか」

冨江はもう顔色なく、あっというまに崖っ縁まで追いつめられていることが分かってきた。

「それは……、憶えておりません」

「そうか憶えていないものは仕方がないな。ところで、この事件が起きてすでに六カ月目になるが、私に相談をかけてくれたことが何回あるか、言ってみろ」

「………」

「では聞くが、誰か君のスタッフとして、この事件に関連して働いてくれた者がおるのかどうか聞きたいが、どうだ」

「…………」

「何故黙ってるんだ。もう一つ聞くが、この鬼頭某のアパートが留守中に引っかきまわされた跡があったらしいが、もしかして心当たりはないかね」

「それはありません」

「ま、いいや。君も多忙の身だから後で思い出したら言ってくれ。最後に一つだけ聞くが、これは失礼な質問になるかもしれんが、君はその鬼頭某を、消えていなくなればいいと思ったことはなかったかな。何も君がどうこうするわけではない。餅は餅屋ということがある。どうだね」

「おっしゃる意味がよく分からないので、お答えできかねます」

「そうか、分かった。今ここで君を立たせておいて全部解明しようとは思っていない。日数をかけて縺《もつ》れた糸を解きほぐしていくのも面白いかもしれん。ただ残念ながら郵政の力には余るので、よそ様の応援を求めなくてはならんけどね。

うん、立たせっ放しで悪かった。そこへ掛けてくれ。坐り慣れたソファーだろう」

吉川はどっかと腰を下ろしてから、角を指して坐れと命じた。

「実はね、捜査本部でも全く行き詰まってしまって、お手上げの状態だった。県警の本部長は俺より六期下だが、出身も同じ九州だし、昔からうまがあって付き合ってるんだが、これがこの前ここへ訪ねてきたんだ。

それで俺が話に聞いている四国石鎚山の霊能者、女性なんだが滅法占いがよく当たるらしいんだ。そこへ行って占ってもらえと策を授けたら、刑事が一人本当に飛んで行ったというんだ。苦しい時の神頼みというやつさ。

それでお祓いのあと占ってもらったら、神様の言われるには残念ながら来るのが遅かった。その男は名古屋からオートバイで四国へ来ていたが、三日前に何者かによって山の中でピストルで胸を撃ち抜かれて殺されたというんだ。

その男は死んでもまだ迷っていて、『犯行声明がない、アパートの部屋に誰か入った』とか、そんなことばかり喚《わめ》いているというんだ。ワッハッハッ、冗談、冗談、全部嘘だよ。面白くなさそうだね。ま、いいや、無理に笑ってくれなくてもいいんだ」

この時冨江は言いようのない憎しみが湧いてきて、この傲慢無礼な若い上司に対して殺意さえ覚えた。若い時から四十年苦労に苦労を重ねてここまで辿り着いたというのに、今こんな奴に足蹴にされているのだ。

「局長はいろいろおっしゃいますが、私は郵政事業を愛するが故に、捨て石になってもの覚悟で体を張って、歯を食いしばってがんばっているつもりです。

私だけではありません。管内三万の職員が、民営化を阻止するんだ。そのためには一にも二にもお客さまに愛され親しまれる郵便局にということでがんばっているんです。お話を聞いていると、直属の第一の部下を信頼しておられないみたいで本当に残念に思います」

と吉川を睨みすえて言ったが、逆効果しかなかった。

「もう郵政事業を守るというのは聞き飽きたよ。君、少しは自分を守ったらどうだね。十二月の何日だったか、雨だったな。若園君の葬式の時坊主が気合いを入れて引導を渡していたが、今日はこの俺があんたにそれをやるんだ。よく聞くがいい。いいか。君を刑事事件の容疑者として告発することにした。とりあえず証拠湮滅の罪だ。余罪があればさらに追起訴されるだろう。おそらく逮捕状が執行されることになる。

すでに県警の本部長と小官で打ち合わせ済みだ。いずれ起訴の上公判になるが、実刑は免れないかもしれん。もちろん俺も監督責任は問われるよ。

いずれにしても当分屈辱の日々が待っていることになろうが、これも自ら播いた何とやらだ。

それからついでに言っとくがな、もう事業は泥船かも知れんよ。君たちには時代を読み取る眼力が備わっていないんだよ」

吉川は言うだけ言ってさばさばとした表情に戻り、権威を誇示するためのばかでかい机に戻って行った。

冨江は一人で残っているわけにもいかず、吉川をしばらく睨みつけて出て行った。

この日吉川が終始徹底して伝法な口を利いたのは計算づくのことであった。目的は一つ、冨江をとことん追い詰めて引導を渡すことだけだった。しかもそれははったりではなく、怒りを込めた真意であったので迫力があったのである。

久しぶりにキャリアの優位と非情を見せつけて吉川はまことに気分爽快極まりなかった。

冨江はその日家に帰ってからもふさぎこんで夕食も喉を通らなかった。

後添の女房が上目づかいで恐る恐る尋ねても無言のままで、その挙げ句一人にしておいてくれと言ったのだった。

冨江が自室へ引きこもって電話を入れたのは、八十過ぎの三本木老人であった。

三本木は一名ドンとも元老とも呼ばれており、管内の外郭団体や関連会社の運営や人事を掌握し、退職者連盟の最高顧問として、郵政省を辞めてから全く自由になったものと勘違いしている者がいないかどうか目を光らせ、さらには現職の人事にまで大きい影響力をもっているのは自他共に許すところであった。もちろん、ノンキャリアとしては、最高の勲四等旭日章をすでに受けていた。

なお、三本木学校の校長も務めており後進の育成にも余念がなかったが、なに学校といっても御利益目当てで寄って来る者たちの麻雀荘の胴元なのである。

「もしもし、三本木さんですか。総括部長の冨江です。夜分にどうもすみません。実は泣言で申し訳ないのですが、郵政局長にきつく叱られまして……」

と、高山東局長殺害事件にからんで今日の叱責に至るまでの経緯を長々と説明した。三本木は電話口の向こうで辛抱強く聞いてくれていたが、

「そうか、それはえらいことになったね。俺の見るところ局長は本気だな。困ったことになったな。そうだ、とにかく俺は明日朝一番で局長にとりなしてみる。局長だって監督責任というものがあるはずだし、第一君を告発しても何の得にもなるわけがない。自信はないが、やってみる。そのあとで君は改めてお詫び申し上げろ。局長も一晩たったら軟化するだろう。

しかし、今更言っても始まらんが、ちょっとやり過ぎたなあ」

冨江は床に就いても眼が冴えて寝つけなかった。

なお、三本木老人にも隠して言わなかったことがあった。それは、他でもない三月三日、岐阜の杉山を通した上で大阪のオクシデンタルホテルまで出向いたことで、もしこのこと

を口外すれば老人だって尻込みしたであろう。

隣で寝相も悪く鼾をかいている女房が、先ほどドアーの外で半時間も聞き耳を立てていたことに迂闊にも気が付かなかったことも、人間落ち目になった時の常であった。

翌五月十五日、三本木老人によるとりなしは失敗に終わった。まるでけんもほろろ、第一に管内でドンとも元老とも呼ばれて奉られている老人に対する態度には程遠く無礼ともいえるものであった。

老人は気を取り直して、「あまり冷酷に過ぎると後々報いがあろう」と虚勢を張って一矢を報いると、吉川はせせら笑って、「キャリア官僚というのは大洋を遊弋《ゆうよく》する鯱《しゃち》であって、郵政という湖で泳いでいる小魚とは一緒にしないでもらいたい」と豪語するのであった。

老人は敗北感を味わって退出したが、見送る者たちは、おそろしく前屈みで傾いたその背中を見てこの人も長くないなと思うのだった。

午後になって御機嫌を伺いながら平身低頭お詫びに参上した冨江に対しては、何しに来たと言わんばかりの形相で門前払い同然、とりつくしまもなく、うな垂れてすごすごと自室に戻るのだった。

吉川とて血も涙もない人間ではなかろうが、この時には彼なりの戦略が出来ていたのであってそれを躊躇なく実行しているに過ぎなかった。

それは、冨江を断固として告発して再起不能に追い込んで警察への詫びのしるしとする。第一発見者の二名は不問にする。冨江に協力したスタッフも不問。射殺事件については被害者がすでに退職のうえ死亡していること、また警察事案でもあり介入せず、というものので、内心では捜査の長期化を願ってもいた。いずれも宮本と打ち合わせ済みのことであった。

実はこの頃には、近く本省の某局長へ転任の内示を受けていたのであった。

五月十七日の朝、冨江が出勤すると間もなく男が二人来訪し、県警の者と名乗った上で、局長殺害事件に関し事情聴取したいので同道してもらいたいと告げた。あらかじめ何の話もなかったので不意を衝かれたが、もはやうんもすんもなかった。

この日の事情聴取は、県警において夕方まで延々と続けられたが、聴かれたことは職務権限と犯行声明文の処分についてであった。

今日はいったん帰すが、明日は自宅まで迎えに出ると言われていよいよ来るべきものが来たと観念した。進退極まったのである。明日は必ず逮捕されると思わざるを得なかった。夕方の人混みの中の冨江はナンバーツーの片鱗もなく、ただの初老の男で心なしか影も薄かった。

因果はめぐる小車《おぐるま》とやら、じゃんけんで言えば、パーのキャリア若園は配達人鬼頭のチョキにやられ、チョキはノンキャリアの雄、冨江のグーにやられ、グーは今キャリアの親分のパーにやられたのだった。

この夜冨江は自室に籠り五通の遺書を書き上げてそれぞれ封をして、机の上に並べた。初夏の夜はもうしらじらと明けようとしていた。宛名は、長男へ、次男へ、妻へ、三本木老人へ、そして郵政族の某議員となっていた。議員へのものには、自分がいかに身命を賭して郵政事業国営を堅守するために頑張ってきたかを縷々綴ったあとで、局長に真意を誤解されて無念であると認《したた》めてあった。

冨江はさらにもう一通、朦朧とした意識ながらアザレア商事の黒田淳二に宛てて、吉川を討ってくれと頼もうとも考えたが、空手形では話にならないと思い止まったのだった。

五月十八日、冨江はこの朝、自室の外のベランダで首を吊ってすでに死んでいるのを妻によって発見された。

その遺体は南方名古屋に向かって幽かに揺れており、血の気の引いた顔には無念の表情がありありと見て取れた。

ところで机上の五通の遺書のことであるが、後添の妻はどういうつもりか咄嗟の間にこれを隠してしまい、冨江と同じく永遠に消えてしまったというのはいかにも不可解なことではあった。最後の最後に妻にも裏切られたのである。

冨江の葬儀は、自宅に程近い葬儀場でしめやかに執り行われた。引きもきらぬ参列者は優に千は超えていたであろう。

郵政局長も神妙な顔で弔辞を述べたが、心ここに在らず、すでに東京へ飛んでいた。会衆は、あの大声の元気な冨江が何故こうも急に亡くなったのか、きっと過労にちがいないとまことしやかに囁き合うのであった。

ここで冨江の名誉のために一言言っておきたいことがある。

得意の絶頂から奈落の底へ突き落とされた運命は非情であったが、彼は潔かった。遺書が消え失せてしまったせいもあるにはあるが、愚痴も恨みも残さずにこの世を去ったことは立派であった。

前年の十二月から五月にかけて起きた一連の陰惨な事件はこの日で幕引きとなった。
五月晴れの空はあくまでも青く、新緑が陽に映えて眩しかった。

エピローグ

ここで登場人物たちのその後の様子を垣間見ておきたいと思う。

若園法賢の生家西明寺では、先年姉が寺から婿を迎えており寺の経営はいささかも滞りはなかった。この婿は男前の上にお経は声に張りがあり、門徒のあしらいも巧みで評判は上々であった。

ある日、県警の刑事が来訪し、有力容疑者が四国の山中で殺されたが、その男は最近まで郵便局員であって身寄りもいない旨告げると、凶悪犯罪のつけと怒りの持って行き場もなく、両親の悲嘆は一通りではなかった。

第一発見者の二人は、冨江が死亡したことでようやく軛《くびき》から解放され、その後は何のお咎めもなかった。

しかし、谷田は血の海の中で転んだショックから未だに立ち直ることができずにいて、前に比べて随分とおとなしい男に変わってしまった。

一方、少し若手の柳瀬は、事件のおかげで課長に昇進したこともあって頭の切り替えは早かった。

吉川は思惑どおり本省の局長に滑り込んだが、名古屋の時とは打って変わって多忙に明け暮れていた。

なお、どうしても好きになれなかった名古屋弁から遠ざかることができてこれだけはほっとしていた。名古屋弁が苦になるようでは、その地の思い出は芳しいものではなかったはずである。

高山東署では容疑者を自力で特定できなかった上、ケネディ事件の真似でもあるまいに何者かに射殺されてしまったことは、面子丸潰れで憤懣やる方なかったが、悪党と目された冨江が自ら死を選んだことで少しは溜飲がさがった。

本当は起訴の上公判に持ち込んでもらいたかったが、死んでしまったものはどうしようもなかった。その前に本部長がわざわざ高山まで出向いて捜査本部員一人一人をねぎらった上、少なくない飲み代をぽんと出して頭を下げたので、やんちゃの能登谷係長らも納得し、これで幕引きとなった。

もう殺人事件はこりごりであった。

なお、惨劇の舞台となった官舎は取り壊されて更地になってしまった。

一善会会長の杉山は、いちはやく富江の死因を推察し、やり過ぎの咎めと思わないわけにはいかなかったが、事業防衛という忠義の発露の結果でもあり、あれは運が悪かったのだとあっさりと結論を下した。

なお、新しく赴任してきた郵政局長を早々に、芸者衆やコンパニオン満載の鵜飼に招待し、県内一の実力者ぶりを遺憾なく見せつけたのであった。篝火に映えたその猿顔は、見る角度によっては凄味があったが誰も気付く者とてなかった。

富江が今生最期の精神力をふり絞って書き上げた五通の遺書は、妻によって抹殺されてしまったことは先に記したとおりである。

出棺の間際まで遺体に取り縋って泣き崩れて周りの涙を誘ったが、葬式も終わって親戚の主立った者から、遺書は残されていなかったかどうか聞かれた時、後添いの妻は相手の目を見据えて、そういうものは一切目にしなかったとはっきりと答えたのも何故か因縁めいていた。

ところでそれからひと月経つか経たないうちにこの女は出奔してしまった。と言っても居場所のマンションは分かっているのであるが、首を吊った家に一人、先妻の位牌と一緒に居るのはとても恐いというその気持ちは解らないでもない。

実はその前に死亡退職金の四千万円と、二人の息子達と折半した一千万円を手にしていたが、合法的な話で周りの者は完全にお手上げであった。この他に遺族年金は当然の権利というものだし、土地付きの家もいくらかにはなるだろう。いかにもおとなしそうなこの女は、一年そこそこの結婚生活と一瞬の決断によって五千万円を懐にしたことになる。

しかしこれも富江の最期の思いやりであって、たとえ生き延びたとしても屈辱に塗《まみ》れた上で有罪ともなればびた一文退職金は出ないわけで、言わば命と引き換えに愛妻に高価なプレゼントをしたことになったわけである。

白河正子は、毎年のことではあるが、石鎚登山の季節とて、十数人のアルバイト学生と一緒に忙しく立ち働いていた。

客からは四月の事件のことを聞かれることもあったが、正子は聞き流す程度にあしらうのであった。

誰しもがまさかこの人があの事件に深く関わり合っていようとは思いもよらなかったで

あろう。

鬼頭の死後大分経ってから、かねて聞いていた番号をたよりにその妹に電話を入れたところ、さすがにびっくりして非常に衝撃を受けた様子が窺えた。妹は秋口にはぜひ成就社の石鎚屋を訪れたいとのことであった。聞けば名古屋で所帯を持ち、三歳の子供が一人居るとも言った。

正子は故人から最愛の妹にと百万円の札束を預かっているのであった。

八月も半ばの石鎚高原はすでに秋の気配であった。


(了)

著者プロフィール

稲垣 兵一（いながき ひょういち）

名古屋市生まれ　63歳
愛知県在住

小説 郵政殺人譚

2002年2月15日　初版第1刷発行
著　者　稲垣 兵一
発行者　瓜谷 綱延
発行所　株式会社 文芸社
〒112-0004　東京都文京区後楽2-23-12
電話　03-3814-1177（代表）
03-3814-2455（営業）
振替　00190-8-728265
印刷所　株式会社 平河工業社

ISBN4-8355-3303-8 C0093